童年

安若水——著

故鄉的往事像是一縷炊煙在天空中飄散，
故鄉有我們奔跑的小街小巷，
故鄉是我們孩童幸福的樂園。

「多出來的孩子」、「鄰家大哥哥」
「姐妹淘」、「技術狂」

我們的故事，就從這裡開始

童年

目錄

童年

目錄

童年

引子

老家的房子要拆遷了。

我的礦區，它經歷了發現、開採、繁榮，現在到了衰敗。因衰敗而進入新的轉型，所有的住戶都將遷出！

那裡的小院、菜園子都將消失，過去的生活場景將不復存在。我的出生地——那個留有我童年痕跡的老宅，也將永遠成為記憶。

四月十五日，我回到了故鄉。我一直懷疑，我真的就是在這一排排狹小的房子裡長大的嗎？我每天行走的街道真是這樣崎嶇嗎？可小時候，我是那樣幸福呀。

我按照和朋友的約定，來到兒時常來的露天電影院舊址，傷感的望向曾經的民宅、工廠、商店等建築的位置，它們如今都變成了眼前的殘垣斷壁。我再也找不回它們昔日的舊貌，我的內心無比失落和酸楚，眼裡湧出了淚水……。

它們和我的童年一樣，再也回不來了。

我出生在煤礦，它不是大礦，卻很老，是個百年老礦。

據說在清朝同治七年——西元一八六八年，居住在當地的人在採集火石時，發現了露頭煤。

居住在此地的人們開始了土法開採。於是，用煤代替柴草的歷史開始了。

幾經周折，此處獲准開辦國有煤窯。

丟丟銅仔

我要上學啦

秋天，秋風掃落葉的季節。我和朋友放下手中的樹葉，不再玩拿樹葉稈互相比誰的力氣更大一點的遊戲了，而是像小麻雀一樣，嘰嘰喳喳的湊到公所阿姨身邊，聽她告訴我們年滿六歲的孩子可以報名上學了。

背書包、提便當、穿著漂亮的衣服去上學，這是我盼望好久的事。

我叫安格，是家裡最小的，上面有兩個哥哥兩個姐姐。

我們這裡的人家，孩子都不少。孩子一多，事就多；事多了，操心的事也多。

媽媽在憂慮大哥的事。大哥暑假回來，和平常一樣要去爺爺奶奶家待幾天。和平常不一樣的，這次回來他在爺爺奶奶家待了一週，還不肯回來。

他做了讓媽媽不開心的事，他偷偷帶回一個女孩子。

在媽媽的眼裡，自己的孩子是最好的，大哥更是。大哥甚至是百裡挑一或是千里挑一的人。

大哥兩年前國中畢業，如今正在讀高職。

大哥很會唸書，國中畢業考試獲全校第二名，是極少數被劃在升學之列的學生。

丟丟銅仔

當時鄉下的學生，國中畢業後一般會直接投入職場。升學是更好的出路。畢業後有文憑，有好工作，能當公司主管。對家裡的長輩而言，這比當工人、農夫有前途得多，是光宗耀祖的大事。

接到通知的那幾天，我家來人不斷，屋裡屋外笑語喧嘩。五坪大的屋子裡，多來幾個人就擁擠不堪。這時媽媽向著我喊：「安格，出去，出去玩。」我馬上往外跑，二姐二哥也隨我出去，出去後，我們各奔東西。

我們三人出來了，家裡空間就大了，留個位置給前來賀喜的人，讓他們聊天嗑瓜子。

我高興的朝朋友家跑去，說我大哥要上高中了，說我大哥考了全校第二名。我家那幾天都很熱鬧，每個人的臉上都笑容滿面，好像我們都中了狀元。

大哥是家裡的長子，又是長孫，一直都是爺爺奶奶最寵愛的孩子，這回也成了爸爸媽媽的驕傲。

媽媽應酬著前來的客人，接待左鄰右舍親戚朋友送來的禮物和禮金。禮物都是臉盆、枕巾、茶缸和單人床罩等，關係好的甚至送現金。媽媽的嘴一直合不上，送走了一批又一批，不停說著謙虛、客氣的話。

大哥呢，那幾天風頭出盡，天天早出晚歸，跑出去會見同學，和他們一個個告別，好像他要去很遠很遠的地方似的。

童年

客人走了，我和大姐、二姐、二哥就湊在一起，看禮物。那些盆、香皂、枕巾等生活用品，在我們眼裡是榮譽的象徵。

我看有個盆裡寫著五個紅色的大字：鯉魚跳龍門。上二年級的二哥唸給我聽，然後他認真的說：「誇人的，是好話。」

一旁的二姐拍拍二哥的肩膀說：「嗯，理解得對，是好話。猶毋過龍門呀，咁有那麼好跳？」二姐說起話來可謂舌粲蓮花，一有機會，她總能說出許多動聽的句子來。

「阮老師講，生在煤礦，只有升學一條出路。考上大學，才有好頭路；有好頭路就有錢會當孝順阿爸阿母。所以咱欲向大兄學。」大姐說完，就盯著我們幾個看，她的表情很嚴肅，我知道她在逼我們表態。

我們忙點頭，保證好好學習，做好孩子，孝順父母。大哥臨走時，媽媽一邊叮囑大哥到學校好好唸書，一邊整理他的舊東西。大姐、二姐分了大哥的書和作業本；二哥拿了大哥的一個口琴；我一眼看到他小學用過的一個鉛筆盒，上去就搶了過來。

「妳欲伊衝啥，攏歹去了。」大哥阻止我，並指向那個鉛筆盒的連接處。那個鉛筆盒蓋和底部之間的連接處，有個地方少了一段鐵絲。

「明仔日阿母閣買一個新的給妳。」媽媽說。

「我佮意頂頭的畫，妳看蝴蝶在飛呢。」我緊緊的抱在懷裡。我這是找藉口。上面的圖案是好看，有陽光、向日葵和蝴蝶，但我更在意的是這個鉛筆盒是大哥用過的，大哥可是全校第二名呀。我要是用了這個鉛筆盒，也一定能考一百分。

越想越覺得有理，我飛快的把它塞進書包裡。

我不知道的是，考全校第二名不僅是我的願望，也是他們三個人的願望。

大哥後來雖然過得不怎麼樣，但他的確為我們開了一個好頭，我們家孩子都滿會唸書，目標都是上大學。幸運的是，除了二哥，我們姐妹三人都實現了自己的願望。

可是兩年後的這個秋天，大家的好心情全被大哥帶回來的女孩子破壞了。媽媽天天焦慮，她想各種辦法拆散大哥和他的女朋友。

大哥的女朋友沒有工作，還總在外面閒晃。

大哥年紀比同班同學小，媽媽怕他上當受騙。這個女朋友是大哥的同學介紹的，媽媽很擔心女孩子人品不好。

媽媽一責罵大哥，他就往爺爺奶奶家裡跑。媽媽可傷心了，她覺得自己的兒子那麼好，卻讓一個出社會的女生給纏住了，她不甘心。

大哥想不到，他的婚姻不僅是媽媽的痛苦，也是他災難生活的開始。媽媽去世前還心心念念盼著大哥來看她，可她不知道那時大哥早就不在了。當然這是後來的事了。

大哥叫安小東，大姐叫安小南，二姐叫安小西，二哥叫安小北。

有了四個孩子，媽媽不想再生了，她認為兩個男孩兩個女孩已經很完美了。但沒辦法，我是在她計畫外來的。

童年

要替我取名字時，才發現有點難了。爸爸思索了半天，說：「安小中？」

「袂行，若是叫小中，咱家就是一副麻將牌了。」媽媽堅決反對。

她找來了外婆，外婆受過傳統日本教育，有一些涵養。

「叫安格吧，這囡仔生得古錐，這雙目珠一看就是個鬼靈精。」說完她又補充道，「古代皇家的查某囝攏叫格格。」外婆一錘定音。

爸爸也點頭，我想他可能覺得我要是格格，他就是格格的爸爸了。他本來擬的安小中，再跟哥哥姐姐的名字連在一起，的確會讓人聯想到麻將。

後來媽媽跟我們說，她是擔心爺爺奶奶替我取名字，才把外婆找來的。她不喜歡哥哥姐姐的名字，但那是爺爺奶奶取的，她沒辦法反對。

其實她不知道，到了我這裡已經是第五個孩子了，爺爺奶奶都不當回事了，我要叫安格還是安小中，他們一點都不介意。

這個秋天，我上學了，大哥有女朋友了。我童年的記憶也從這個秋天開始了……。

三個好朋友

煤礦工的住宅區，房子規整，一家貼著一家，比鄰而居。親密無比的工人住宅，雞犬相聞，聲氣相通。鄰居之間幾乎不存在隱私，三餐吃什麼、哪對夫妻吵架，彼此都知道。

兩家中間隔著一道柵欄。相鄰兩家，如果有一家做好吃的想送給另一家，不用從大門出去，直接朝著柵欄對面的鄰居喊一聲，那家人就出來了。兩人各自在自己的院子裡就能閒聊八卦，交流有用沒用的資訊。送東西的這邊，等著另一邊把碗或鍋找出來，這邊的人就拿回家去，真是太方便了。

傍晚，家家的煙囪都冒煙了。飄散的煙，在明朗的天氣中飄向白雲。天空布滿晚霞，那是太陽的餘暉。

在外面玩的我們看到自家的煙囪冒煙了，就知道家裡煮飯了，便拔腿往家跑。晚上找朋友玩的時候，想知道誰家吃飯了沒有，就朝他家煙囪看，有煙無煙，煙大煙小，就能判定情況了。

我們這一條街共有八戶人家，家家都有四五個孩子，多一點甚至生到七八個。所以，年紀相近的孩子，很容易成為玩伴。

和我年紀相近、同時也是我第一個好朋友叫麗霞，她比我小一屆，其實我們差不到一歲，就差幾個月。我們上學報名，同年九月分以後出生的孩子，就算在下一屆。麗霞是十一月生的，公所阿姨不讓她報名，請她明年再上。

「讓我讀吧，阿姨。我若是明年讀冊，就無朋友了。」

「妳也太戇了，學校裡閣有其他同學啊！」公所阿姨回答道。

「我就想欲跟安格做同窗，我若是有抾曉的，安格就會使給我教。」麗霞拉著公所阿姨的手臂央求道，說著說著便哭起來了。

「好啦好啦，妳看妳把我的衣服攏哭澹了。」公所阿姨把麗霞的手拉開，整理下袖子就讓她報名了。

「若是跟不上進度，就會留級，到時妳莫哭。」公所阿姨又補充道。

這些阿姨其實不是正式的政府職工，原則性不強。有些事情，你跟她央求兩句就成了，何況提前幾個月上學也不是什麼壞事。

我的第二個好朋友叫俊彥，是個男生。他還有個妹妹，叫美芳。我以前還奇怪，為什麼他家孩子那麼少，才兩個。不像我們家生了五個。

後來才知道俊彥的媽媽身體不好，不能生孩子。他媽和我媽的關係非常好，看我家孩子多，就想要走一個，還說哪個孩子都行，可我媽哪個孩子都捨不得給。再後來，俊

丟丟銅仔

彥的爸爸帶回來一個男孩，這個男孩就是俊彥，是他爸爸和初戀女友生的。

俊彥的爸爸媽媽總吵架，吵架的原因據說是他妹妹美芳也是他爸爸和初戀女友生的。

俊彥呢，一點也不想上學。他喜歡到處走，到處逛。

他手上總有一把小刻刀，在路上走時，一手往上高高的拋，一手跳起來去接。兩隻手換著上下翻飛，一路不停重複。從沒見他兩隻手空著。

路上看到一些小碎木塊、少齒的小木梳，他都撿起來，他說這些都能刻東西。他最想刻陀螺，說以後刻好了就賣錢。

在煤礦居住的人家很親密，孩子都認識彼此的家長，家長也知道誰家的孩子淘氣闖禍。

煤礦的治安不好，打架鬥毆、偷盜搶錢的爛事很多。治安不好，大人都擔心。俊彥媽媽擔心他在外面天天逛，交上壞朋友學壞了，就逼著他報名上學。他也成了我的朋友之一。

最後一個是大朋友了，也是個男生。他比我大兩歲，名叫時雨。其實他是我二哥安小北的同學。

時雨一來我家，我二哥就說：「叛徒來了，找妳呢。」

我一聽就知道是時雨，心裡高興，但嘴上還要說：「二兄，你的朋友那麼多也無缺伊一個，就給我吧。」

二哥掃了我一眼，不以為然的說：「哼，缺？我什麼時候缺一個替我背冊包的？搶著替我背冊包的人多的是。」

安小北是糾察隊副隊長，每天上放學後面都會跟著好幾個人，有幫背書包的、有幫拿便當袋的。他呢，在前面挺胸抬頭走，就像是將軍帶兵一樣，背後跟著一隊小兵。時雨是那個背書包的，其實他跟我好，不影響他替二哥背書包，但他若表明是我的人了，就不能跟二哥在一起了。二哥說他是叛徒，他也不吭聲，但就是不離開我。

他媽媽去世後，他爸爸又娶了一個務農的女人。這個女人帶過來兩個男孩，加上他家原有的三個男孩，一下子變成了五個。這五個男孩是個龐大的團隊，天天發生戰爭。「我的少了。」「你的多了。」「我不多，你多。」「你沒少，你多。」通常是分東西不均，分配家務不合理，然後就出現上面的情景了。

幾個男孩開始吵了起來，你推我一下，我推你一下。再後來像是突然明白過來似的，兩個兩個一組。

家裡原來的兩個一組，後到的兩個一組，這仗打得可熱鬧了。時雨是老大，他不參與戰爭，他要做的就是把摔倒在地上的弟弟扶起來，一個一個的扶。

我一到他家，經常看到他在床前站著喊：「起來，起來，地上攏是灰呀，衣服弄髒

丟丟銅仔

了，恁一個一個攏要被打。」

那幾個男孩，打累了，停手了，然後又不約而同的往床上爬。冬天屋子冷，只有被窩有點餘溫，跳上床的又開始下一輪戰爭。

他跟我二哥說他好想有個妹妹，他說他要是有個妹妹，會一輩子對她好。

他來我家找我二哥時，認識了我。

「妳以後就是我親妹仔了，有什麼代誌攏來找我，有我罩著妳，誰攏莫想欲欺負妳。」他一說，我就同意了，我倆擊掌拍手了。我很喜歡交朋友。

我看過他家吃飯，飯菜一上桌，那幾個小子就搶著吃，吃著吃著就動手了。他爸喊他後媽罵，也控制不了。

那又是一場戰爭，驚心動魄的。他明明是老大，但很多時候，只能吃剩下的一點。我也沒辦法幫他什麼，有時會分給他屬於我自己的一塊麵包，再就是趁他有空時，找他和麗霞一起出來玩。

「咱去磚廠吧，看我阿母怹今仔日天出磚。」麗霞跑來喊我們。

「我阿爸欲去釣魚，咱跟著去看看。」時雨跑來找我們。

「去河邊找草種子吧，阮家雞仔這幾天無愛生蛋。」我又去找他們。

我不上學的日子，一天一天就這樣過著，幸福極了。

日子這樣無風無浪的走過，我的人生也許會這樣平淡的過下去。可沒想到，有一

童年

天，一個女孩子的出現，影響了我一生的命運……。

那一天，我們這條街最東邊搬來了一戶人家。新搬來的人家有一個女兒，看上去和我差不多大。他們家很安靜，安靜得聽不到說話的聲音，安靜得讓人豔羨。

這家的媽媽出來倒水時，見人就笑笑，爸爸匆匆走路，不愛抬頭，沒聽過他說話。還有個和大姐安小南差不多大的男孩子，他走路也目不斜視，不看人。

我又想到那個女孩子，她比我高一點，梳著長長的辮子，眼睛一閃一閃的，看起來很聰明。我想上前打招呼，可找不到機會。她偶爾出來倒水，倒完後馬上回去，然後關上大門。看來他們全家都不喜歡跟別人來往。

安小西看我在人家門前閒晃，過來警告我說：「妳上好莫出去惹代誌，聽講怹家有問題。」

「有問題？無可能。」我馬上反對。

「我聽好幾個人講了，一定是真的。」安小西拍拍我的頭說。

「莫打我的頭，會打戇的。」我把二姐的手拿開，他們幾個背地裡說我，還以為我不知道呢。

「有一些代誌表面看袂出來，妳毋成熟。囝……囝仔人。」安小西又想拍我頭，我歪頭閃了一下，她的手落空了。她轉身回去讀書了，不再理我的話。

這兩天沒事我就思索，他們全家都是做什麼的呢？搬來三四天了，也不見人出來逛。不像我媽、俊彥媽媽和麗霞的媽媽。我們幾個人的媽媽，沒事就東家走，西家竄，天氣好時在外面搬個板凳；下雨了，就坐在床上，一邊抽菸，一邊八卦。俊彥媽媽走到哪都帶著大菸袋。

俊彥媽媽的大菸袋有半個手臂長，她想抽菸的時候就拿出來，往菸鍋裡塞菸葉。她一點點壓，塞滿了就點火；點著後，就巴達巴達的抽；一下一下，一會兒就抽完了。裡面全是菸灰，倒掉菸灰後，還會繼續往裡頭放菸葉。

明天要上學了，晚上我躺在床上翻來覆去睡不著，想我們煤礦小社會的各個就要上學的朋友。離我最近的安小西踹了我好幾下，我也沒感覺，閉眼睛一個勁兒的想：明天上學，我會遇上一個什麼樣的老師呢？

想著想著，我就睡著了。我夢到了那個女孩子。

上學路上

「起來，起來，無早了，該呷飯了。」媽媽的喊聲，把我從夢中驚醒。

我咻的一下子起來，翻身找衣服，我想起來了，今天上學。

我三下兩下的穿好衣服，下地穿鞋。媽媽把早飯端到桌子上，我坐在床邊把新書包拿過來，翻來覆去的檢查，生怕落下什麼有用的東西。昨晚我還想把擦得乾乾淨淨的板凳放到屋裡來，可看了半天，也沒有空出來的地方。箱子上不敢放，那是放保溫瓶和茶杯的地方；窗台上二姐安小西不給放，上面堆著掃帚畚箕，掃灰的雞毛撣子，還有她的書包。地上我覺得不太乾淨，有點捨不得放。

板凳，是我們小學的標配。每個學生都要自帶板凳去上學。

「放院子，放院子。」二姐安小西往外推我。

我拿板凳到院子裡，院子裡也堆著煤末、醬缸和鹹菜罈子。放哪都捨不得，覺得哪裡都不乾淨。

沒辦法，我想找個東西蓋在上面，只要不沾到灰塵就行了。我跑回屋，看到二姐書包旁邊有一張報紙，我拿在手裡往外走。

丟丟銅仔

「哎，衝啥，妳欲衝啥？」二姐又追了出來，一下子就把我手裡的報紙搶了回去。那是爸爸拿回來的報紙，二姐愛看報紙，總央求爸爸拿一些回家，可主管不同意。爸爸看二姐喜歡，還透過看報紙認識了很多字，很高興。一有機會爸爸還是偷偷拿回家裡。我的板凳只好倒扣在鹹菜罈子上，只有這裡稍微乾淨一點。

「安格，呷飽未？」麗霞來了，還沒等進屋來，她就對著廚房門大聲喊我。

她和我一樣，對上學這件事，盼望了好久。

她想上學的目的和我不一樣。我是熱愛，就想成為功課好的學生，像我大哥一樣，成為全家的驕傲。

而她是為了躲避家事。她跟我說，她一點也不想在家待著。胖乎乎的弟弟，總要人抱著，不抱就哭。貪吃的妹妹，看到賣枝仔冰的來了，就跟著走。枝仔冰三塊錢一根，可麗霞一毛錢也沒有。

還有個要看著的哥哥。她哥有個怪病，這病就是不能吃鹹的東西。她媽媽上班時就把家裡的鹽和醬油都藏起來，可不知怎麼回事，她哥就是能翻出來。翻出來便喝醬油，喝了醬油就發病。

她管不了弟弟妹妹，打不過哥哥。

而且，她哥哥有個祕密，這個祕密惹得我們大家同情。

她媽媽說：「妳阿兄毋是妳親阿兄，伊身體無好，咱更要對伊好。醫生講過，妳阿兄袂活太久。」每次說到這個，她媽媽又嘆氣，又流淚。

麗霞心腸軟，一聽哥哥壽命不會長，就不說話了。她可想上學了，上學會有半天清閒時間。她也想全天都上學，可我們這裡小學都是上半天課，學生多，沒有那麼多教室。

麗霞催我快點吃飯，她在院子裡等我，幫我拿板凳。我吃了幾口飯，就往外跑，媽媽喊我，讓我拿一塊大餅在路上吃。

我看看我的新書包，拒絕了媽媽。

「好啦，咱來走吧。」我拉長聲說道，接過麗霞手裡的板凳，和麗霞高興的向外跑。我一隻手拿板凳，另一隻手牽著麗霞的手。我倆樂不可支的拉著手往學校走去。一路上，我們看到花也美，草也綠，不由得唱起了歌：「火車行到伊都，阿莫伊都丟，噯喲磅空內……」

「哎，哎，妳看，我的冊包咁有好看？」我把書包從肩膀上拿下來，塞到麗霞手裡。其實她早就看到了，可她裝作沒看到。我知道，她的書包是她哥的舊書包，藍色的帆布書包。

她哥哥只上了兩年就被學校退學了。她哥上課坐不住，一節課要上好幾次廁所，老師認為他搗亂。其實老師不知道，她哥是因為有病在身。

她上學時，用的是哥哥的舊書包。

丟丟銅仔

而我的書包，是媽媽新做的。我們鄰居家是做裁縫的，他家總有很多零碎的花布，不要了就給我們家。我家的肉骨頭，我爸總給他家的狗吃。

媽媽把零碎的花布找出來，按照菱形裁好，然後用縫紉機把一片一片的布接上去。這些碎花布的顏色和圖案連在一起，像大自然裡的花海。

我又央求大姐安小南把爸爸給的手套拆成線，染成天藍色，在我書包的四周鉤了個花邊。這樣，我的書包看起來非常美麗。

「哎呀，有夠好看。」麗霞摸著上面的圖案和書包的藍色花邊，驚嘆道。

「嗯，我大姐的手好巧呢，妳看，這是天藍色。我大姐講是天空的顏色。」

「咁一定要背冊包？」麗霞歪著腦袋問我，甩了下她的舊書包，她一點也不喜歡她哥的舊書包，本來這書包就是男孩用的，還那麼舊了。

「公所阿姨毋是講過，反正離厝內無遠，想背就背吧。我的冊包這麼好看，我就想欲給大家看看。」我得意的說。

我的書包裡面只有兩本簿子和一個鉛筆盒。簿子有一本是田字格，一本是計算本。鉛筆盒裡面放了兩支鉛筆、一個小刀和一把格尺。

鉛筆盒一碰到別的東西，裡面就嘩啦嘩啦的響，聲音挺大的。

昨天我們特地問了公所阿姨，第一天報到要不要背書包。

「哎呀，我袂記得問了，只讓我通知恁今仔日去學校，冊包的代誌就無多問。」阿姨一拍大腿說。

「想背就背吧，反正離厝內這麼近，若是發課本也有所在裝。」阿姨又接著說。

我瞬間決定：背！如果不背書包，誰也看不出我是小學生了。

前幾天，我就把小凳子擦得乾乾淨淨的，一得空，就拿出來坐一會兒，把簿子放在腿上，假裝寫作業的樣子。這讓我感覺很神氣。

二哥安小北說，他第一天上學時只有發書，所以不用帶板凳。

我只想著上學了，關於大哥的什麼事，早不在我心上。我把大哥忘了，把大哥忘了的還有媽媽，她開始忙我的事，不再提大哥。

從我們那條街到學校的路，今天格外煥發了活力。三三兩兩的孩子，有說有笑的，都是去上學的。不過，高年級的同學不理會我們，他們走得隨意些；蹦蹦跳跳的是我們，我們可是充滿著入學的新鮮感。前面就是小學了。

「到了，到了。」我和麗霞喊著喊著，就開始跑向學校。

學校就是一排平房，一個教室接著一個教室。我查了一下，有五個教室。前面是空空的場地，更遠處，有個廁所。

牆上貼著五張大紙，上面寫滿黑黑的字。

我倆擠上前去找，名單密密麻麻的。我們在第一張大紙上就看到了自己的名字，我們分在一個班，一年一班。

「太好了，咱分在同一個班了。」麗霞拉著我的手，擠開人群，朝著第一個教室跑去。

教室裡面已經有一些同學了。前面黑板上寫著幾個字：歡迎你，新同學！大家在教室裡嘰嘰喳喳說話，陸陸續續又走進來一些同學。

我們齊刷刷的站在教室裡，等老師的到來。

我看看自己的書包，再看看同學的書包。他們有帶書包的，也有什麼都沒帶的，對了，帶板凳的同學也有幾個。不過，看大家沒有坐，他們也沒坐，板凳只在手裡拿著。

「你也分在這個班了？」

「太好了，咱是同窗了。」大家都笑著打招呼。

但我的心怦怦直跳。

這間擠滿孩子的教室，本來不大的，但我現在覺得它好大：牆離我好遠，窗子也是那樣新鮮。這間教室會帶我識字，像大哥那樣成為好學生。

鄉下地方小，大多的孩子都認識。入學是按學生所在的家庭住址劃分的。我和麗霞也遇到了前後幾條街的。

你推我一下，我拉你一下，說笑著：「太好了，咱閤做伙了。」

這時，我發現俊彥進來了，他擠到我身邊，用手抹了一下嘴，我一下子聞到了，他吃了香瓜。我和麗霞都羨慕他，他家只有兩個孩子，分東西的時候，每個人就可以多分點。

我們總說他命好。我正要跟他說話，就聽有人說：「老師來了。」我們馬上閉緊嘴巴，齊齊望向門口。

來了個男老師

在大家靜下來的那一刻，我忽然感覺到窗上的陽光。門口也有陽光。

進來的人，在黑板中間站好。我恍然間只看到高高的人影，一個大人的身形。

「同學們好，我是你們的歐陽老師，對了，我姓歐陽，是複姓。」一個男人的聲音，頓時引起輕輕的驚詫聲。

在我們的驚詫聲中，他轉身把自己的名字大大的寫在黑板上。

「哎呀，是查埔的！」「阿娘喂，男老師！」

進來的男人，挺年輕的，好像不到三十歲。我也不知三十歲是什麼樣子，但不到三十的意思，是感覺沒有成年人的滄桑吧。我對男人相貌的評價，就是看他長得乾不乾淨。在煤礦生活的人，大多是礦工，他們的膚色通常呈黑色。雖然井下有洗澡的地方，但礦工急於回家，通常是匆匆應付了事。礦工的身上不免要帶著一些灰塵，耳朵邊或是脖子後，總會留有黑印。

他長得白白淨淨的，眼睛很大，看上去清清爽爽的，我一下子就喜歡上他了。

我在心裡想：這是我以後的老師了，還姓個怪姓，歐陽……。

興奮之餘，我突然想到了一件事，張大嘴巴盯著他的背影看。我昨天折騰一晚，反覆想像老師的樣子。想過一百種模樣，但差別都沒有現實來得大！因為我們的老師——是男的。

哥哥姐姐的老師全是女的，我一直以為當老師的人全是女的。

再轉頭看向其他同學，他們也和我一樣，大眼瞪小眼，一副目瞪口呆的樣子。

老師回過頭來，他笑了笑，翻開一個小本子，開始點名。

在點名時，下面的同學都小聲說著話：「男老師？老師看起來真有氣勢……」

歐陽老師開始點名，點到我時，他注意看了我一眼，我幸福得要昏過去呢。

我相信老師也一定認為我的名字好聽。我好想告訴他，我的名字是我外婆取的，我外婆有受過教育，她學習過日本文化……。

「接著我們發書。」老師開始發書。

天哪，講桌上居然放著兩疊書。我光顧看老師的年輕相貌，居然沒有注意到他是怎麼樣把書帶進來和放到講桌上的。

新印的教材，散發著油墨的芳香，一本本遞到我們手上。

我沒敢打開課本看，猶豫的看身邊人看不看。他們有的把書裝進書包裡，有的緊抱在懷裡，我也趕緊把書放進書包裡。

發完書了，老師說：「同學們可以回家了，記住了，明天早上七點半上課，帶上書包和板凳，大家千萬不要遲到。」

老師又隨便指了兩個個頭高的女同學，讓她倆留下來掃地，然後他走出了教室。接著同學蜂擁而出了。我還在恍惚中，發現教室裡的人全跑沒影了。我和麗霞也趕緊走出教室，往家的方向走去。路上的同學三三兩兩在一起，都在大聲說著話。

「嗨，你分在哪一班了？」「你咁有認識的同學？」

「啊，你的是男老師？」一聽這話，就知道是我們班的同學。

一路上，我心裡也挺驕傲的。我和麗霞像兩隻小鳥一樣，樂得想飛起來。我書包裡的鉛筆盒一晃起來聲音就更大了，嘩啦嘩啦，鉛筆和小刀互相碰撞，它們也和我們一樣，一定很開心。

麗霞一個勁兒的笑，白白的牙齒都露出來了。

「妳看，我就講免背冊包吧，也無上課，白背了。」

我知道她是沒話找話說，她心裡想說的絕不是這個。我只好順著書包的話題說下去：「發課本了呀，也無算白背。」我晃了晃書包。

「唉，就兩本冊。」她說。

我還想和她談我的書包，說有的同學誇我的書包好看。

再看麗霞，她正抿著嘴笑，好像在想什麼，入神了。我知道她在想我們的老師。男老師，姓歐陽，真是好特別呀。

我沒有想到，歐陽老師給了我一生的啟迪，是我一生最難忘的人。

他像一束陽光，照得我們心裡發亮。想到班上的女生看到老師都兩眼放光，看來我們內心都是激動的。

秋天，我記憶中最美的秋天，就這樣來了，秋景怡人，長久駐我心裡。

「唉，就咱班是男老師，真是的。」我心口不一的說，似乎很無奈，其實心裡樂開了花。

「那是咱運氣好呀。」麗霞眉開眼笑，樂呵呵的說。

「嗯。伊的目珠好大蕊，閣是雙眼皮。」我笑著說。

「眉毛好濃。」麗霞說。她的眉毛很淡，她說小時候她媽媽忘了拿薑替她磨磨了。她就羨慕長著大眼睛、雙眼皮的人。她說我的眼睛看上去有三層眼皮，非常好看。還說要是能給她一層就好了。我也希望她大眼睛、雙眼皮，可我沒辦法給。

二哥安小北是鄰居公認長得最好看的男生，有了歐陽老師，我看他得排第二了。這樣一想，我希望馬上到家，告訴二哥。

「我阿母一定會佮意咱老師。」麗霞說，她媽媽喜歡好看的男孩子，常誇安小北比她家的兩個男孩都好看。

說說笑笑之間，該轉彎了，我們快到家了。

我無意間一回頭，發現身後跟著一個女生，快到我們這條街了，她也沒有離開的意思。

再細看她時，啊，她在抿嘴偷笑。她一定是聽到我們說話了，四周沒有一條小狗在跑，也沒有一隻小雞在散步，那就是笑我們了。

麗霞也順著我的目光望去，她對著那個女孩喊：「妳是誰呀?為什麼給阮跟緊緊?」

那個女孩被麗霞突如其來的喊聲嚇了一跳，抬起頭，結結巴巴的說：「我、我無，我也欲轉去厝內。」說完之後，她指著我們這條街。

一抹陽光照在她的臉上，她的眼睛像鍍上了一層光，嘴角上揚，我看到她有兩個小酒窩，好像把秋天的陽光都盛在裡面了，是滿滿的幸福。

她的眉眼飛揚，透露出一股新鮮氣息，這是一幅很好看的畫面。很多年後，我還能想起這個場景。

她衣著乾淨，衣服上面是小碎花，小花旁邊有太陽、向日葵等。

鈕釦上面包著布，和我們的衣服一比，真是不一樣。我和麗霞的衣服，上面的鈕釦都有不一樣的。我馬上捂住了最下面一顆不同樣子的鈕釦，不讓她看見。

我馬上猜想到了，她是我夢中出現的那個女孩，也是我們的新鄰居。

我們都是好朋友

很快我們三人走到了我們這條街的房頭，秋風吹過樹葉，並不在意我們的有無，只是隨意的翻滾。

「我叫葉香，住這間厝。」她聲音很清脆，手指向前面。

「妳是阮班的，我閣會記得妳。」麗霞走近葉香身邊，打量她的頭髮。她的辮子比我長一點，披在後面。

我立刻想到了安小西的警告，葉香就是有問題的那家的孩子，我有一點害怕。

麗霞接著說：「我看到妳的辮子編得跟我無同款，妳在我頭前站著，我盯著妳半天了。妳的辮子編得真好看。」

我也鼓起勇氣，再一次細細打量起葉香來：她比我高一點，不胖不瘦，穿著素雅、整潔，甚至有一點點洋氣。讓我想到了我的新書包，她和我的新書包一樣，都有一種很特別的感覺。

我的心裡又出現了妒意，問題人家的孩子好像都比我們高貴，那一刻我似乎高興她家有問題了。因為有問題，她才來我們學校上學的吧，才能和我們做鄰居。不知怎的，我覺得有個有問題的同學很不一般，好像我也變高貴似的。我真高興她也是我的同學。

我和麗霞交換了一個眼神，高興的說：「好呀，好呀，咱是同一個班的，那以後咱就是同窗了。」

麗霞又問：「我以前怎麼無看過妳？」

「恁家就是新搬來的那間，我聽我阿母講，咱這條街新搬來一間，就是恁家。恁家是從東邊數來第一間。」我馬上說。

「阮家是從東邊數來第一間，從西邊數來第八間。」她被我們的熱情感染了，高興的回應我們。

「那天我看到妳出來倒水，毋過毋是穿這件衣服。」

「嗯，這是我去學校時穿的衣服，在厝內毋穿。」葉香說。

看來她的衣服挺多，還能分出上學和放學穿的。我的衣服都是撿二姐的，二姐是撿大姐的，上學放學都一樣。

「恁家是從佗位搬來的？」我問。我知道有問題的人，和我們的來處都不一樣。我們的家長大部分來自臺中鄉下。

「基隆。」

「基隆在佗位？」麗霞追問道。

「離這裡很遠很遠的所在。」

「是毋是大城市？那個所在咁好？」我又問。

「是大城市，阮家靠海。」葉香驕傲的說，甩了一下辮子。

「有海？按呢妳為什麼欲來這裡呢？」我很奇怪的問。我一聽她家在基隆，靠海，太羨慕她了。我都八歲了，一直住在煤礦裡，哪裡都沒去過，我好想知道外面的世界是什麼樣子的。

大姐說世界大到我們想像不到，她是運動員，曾經去外縣市參加過長跑比賽。二姐說，只有好好讀書，才能有機會走到外面去。二哥說，他今後一定要到大城市去。

我只知道，大的世界，遠的世界，都是我們未知的世界。

葉香好像不想多說什麼了，她站在那裡一個勁兒的用鞋磨地。一會兒，地上就出現了一個圓圈。

麗霞等了半天，看她也不說話，就問：「按怎，是按怎，妳講話呀。」

我拉著她的手說：「行啦，咱先轉去呷飯，呷完，閣出來玩。以後有的是時間呢。」

這時，我又想起了二姐安小西的話。可能她有不好說的理由，我不想看她為難，就換了話題。

「好吧，我叫麗霞，咱認識一下。」

丟丟銅仔

「我叫葉香。」葉香又說了一遍。

「我叫安格。」

「安格?」葉香一聽我的名字，重複了一下，便說真好聽。

我又誇了一下我外婆，說我外婆受過日本教育，說我爺爺奶奶忙，沒有時間替我取名字，我媽就讓我外婆取了名字。

她一聽說我外婆受過日本教育，馬上說她爸媽也懂一些日文。她說她媽媽不上班，她媽媽總生病，她爸爸上班，是公務人員。這又讓我崇拜了她一下，想起了她那笑意盈盈的媽媽，還有那不抬頭走路和目不斜視的爸爸和哥哥。

我們比了一下年齡。葉香比我大一年，屬兔。麗霞比我小半年，也屬龍。這樣呢，我是葉香的妹妹，是麗霞的姐姐。

麗霞嘟著嘴，沒辦法，誰叫她最晚生呢，她只能當我們兩個的妹妹。

「阿妹仔，阿妹仔。」我和葉香一起叫，麗霞追著我倆跑。只這一會兒，我們就成了好朋友。

回家

葉香到家了，她和我們擺手說再見就進屋了。我和麗霞又說了幾句話，她也到家了。

天氣真好，我心裡想。我身上的書包讓我感覺自己像個大人。

我迫切想找個人說說話，可沒到中午放學時間，大姐和二姐、二哥都不在家，只有媽媽一個人在家。今天爸爸上早班。

「阿母，我轉來了。」推開裡屋門我就喊，我的聲音太大，把媽媽嚇了一跳。

「唉，妳這囡仔，雄雄這麼大聲，想欲讓我驚死。」媽媽正在納鞋底，昨晚她說要幫我做雙新鞋，她說上學了，要穿得乾乾淨淨的。

但我看出了媽媽臉上的憂傷，似乎還有哭過的痕跡。一定又是大哥！

「阿母，等大兄放假轉來，咱鬥陣替妳罵伊。」我本來想說讓爺爺奶奶揍他一頓，可是我知道這沒用的。

「有妳大兄後悔的那一天。」媽媽嘆氣，眼中有淚花，在她的無奈中，我聽到了她心痛的聲音。

丟丟銅仔

果然是大哥的事，大哥不答應和女朋友分手。我們看媽媽傷心的樣子，都恨不得打他一頓，可是爺爺奶奶護著他，誰也不敢動他。

要是打了他，爺爺奶奶就會來家裡罵媽媽的。爺爺奶奶對媽媽不好，爸爸薪水都交給媽媽，他們不願意。他們總說媽媽厲害。每月爸爸送錢給他們時，奶奶才會笑咪咪的和我們說話。平時我們去了，他們也不管我們肚子餓不餓，過年也不給我們壓歲錢。

在我看來，他們除了對我大哥好，就對錢好。

「阿母，我有兩個好消息欲給妳講。」我想讓媽媽高興一點，就坐在她身邊，把她手裡的鞋底拿下來。

「什麼好消息？講吧，老姑娘。」

「阿母，妳莫叫我老姑娘，袂輸我有多老。妳要親像阿嬤同款，叫我安格。阿嬤一叫我安格，我就感覺自己變成皇家查某囝。」

「好，老……安格，我是皇家阿母。」媽媽終於有了笑容，她伸過手來，順了一下我亂亂的瀏海，把我身上的書包拿下，放在一旁。

「第一，阮老師是查埔的。」我嚴肅的說。

「啊？」媽媽瞪大眼睛看著我，半天沒說出話來，她吃驚的樣子，讓我知道這事確實不尋常，內心更驕傲了。

「無想到吧，阮老師可好了。」

「猶未上課就知影好了？」媽媽說。

「嗯，我會看，一看就知。」我撒嬌的說。

「老……安格呀，要是做毋對了，男老師咁會給妳打？」媽媽一臉擔心的看著我，又從頭到腳細細看了我一下，好像我已經被老師打了似的。

「這個，這個我毋知。」我和麗霞這一路上，只是興奮，還真沒想過這個問題。那麼好看的老師會打人嗎？我搖搖頭，我不相信他會打人。

「阿母，我是好囝仔，老師打我衝啥？」我想了想，安慰媽媽說。

「哦，」她應道，「老……哦，安格，要聽老師的話呀。」

看樣子媽媽還是有點不放心，我不想讓她說下去，趕緊說：「阿母，阿母，我閣有第二個好消息呢。」

「啊？猶閣有？講吧，講吧。」媽媽又拿起鞋底，準備繼續工作。

「咱家新搬來的厝邊，有一個查某囝，叫葉香，也是我同窗。」我看著媽媽，等著她再吃驚。

媽媽這回倒沒表示出驚訝的樣子，她敷衍的說：「知影了，是好消息。有好消息，是毋是就袂餓了？早頓呷幾口飯就走了。」

「有點餓了。」我站了起來，想去找吃的。

不過很快我又想到了一件重要的事，我從媽媽身邊把書包拿過來，翻出書和本，在

丟丟銅仔

書的封面和簿子封面上工工整整的寫上：一年一班安格。

「我出去買菜，妳好好在厝內等我。」媽媽放下手裡的工作，拿著菜籃子走了出去。

中午時，二姐安小西放學了，聽說媽媽去買菜了，她說她去接，把書包放一旁，她就出去了。

過了一會兒，她們一起回來了。

我想起了葉香的話：「阿母，阿母，妳知影無？基隆在佗位？咁很遠？」

「基隆在臺灣北邊，靠海，妳阿爸以前也在那住過。」媽媽放下菜，進了廚房，她要準備煮飯了。

「真的嗎，阿爸以前也住過？真是的，阿爸從來無講過這件代誌。」我隨後跟著媽媽進了廚房，纏著媽媽繼續說基隆。

「講這個欲衝啥，妳阿公阿嬤後來攏搬去臺中了，那邊早就無親人了。」

「對了，」媽媽又說，「我幾天前聽麗霞的阿母講，新搬來的那間查埔人好像做毋對什麼代誌，才會來咱這裡的，妳還是離那個查某囡仔較遠吧。」

「袂吧？伊阿爸那麼瘦，一陣風就會吹倒的，哪有氣力做歹人呀。」

我擔心媽媽阻止我和葉香交朋友，竭力為她爸爸辯解。

很快大姐、二哥都回來了。我在飯桌上開始講我們的男老師，他們最初有點吃驚，但很快就不當回事了，和媽媽說著學校的事。吃完飯，我們各自忙著。

落選了

蹦蹦跳跳的日子過得真快，上學兩個多月了，我們三個可喜歡上學了。每天早上我去找麗霞，麗霞出來後，我們兩個去喊葉香，然後我們三個背著書包，拿著板凳，唱著「丟丟銅仔」去學校。

去早了，我們就在教室門口坐在板凳上等老師來，老師來了，門一打開，我們就往裡頭衝。

我心中的榜樣就是我大哥，我立志要考全校第二名。我很用功讀書。

這天放學前，老師說：「今天不出作業了，下午我們有活動。」

「什麼活動？什麼活動？」

「去農村參加務農活動。」老師開始收拾教案。同學們在下面七嘴八舌的討論著。

「參加務農活動，是讓我們了解農村，熱愛農村，培養和農夫叔叔伯伯的感情。」老師又說。

「會當去農村玩了，太好了。」大家歡呼。

「也免寫作業了。」有人喊。

丟丟銅仔

那是我們第一次集體去野外，十月的天空，顯得又高又藍。走去田野的路上，大家興奮得又唱又跳。

田野漫無邊際，看不到盡頭。一排排玉米迎風而立，在風的吹拂下，嘩嘩的響。我想起了我的鉛筆盒，就笑了起來。

老師把我們帶到玉米田，開始分配任務。

「大家要把玉米裡的蟲子找出來，沒有蟲子，玉米才能長好。這種蟲子不能噴藥，噴藥會殺死玉米的其他部位。等秋後收獲了沉甸甸、黃澄澄的玉米，我們就是幫了農夫伯伯的忙，也是為國家做了貢獻。」老師指著這一大片地說。

「捉蟲子？」我平時最怕蟲子，一聽老師說完，就站在那裡不敢動。

夏天的晚上，我們去大街上玩，有時在路燈下，常看到有的孩子就著燈光抓螻蛄。我從不敢上前，螻蛄這種東西，小雞吃了會下蛋。

每次我都是在遠處看著他們抓。我慢慢走向自己負責的那塊，和我同組的男生說：「咱從中間開始捉，我向頭前捉，妳向後壁捉，等咱各自到頭了，就完成今仔日的任務了。」

我等著他往前走，看著他先鑽去玉米田裡，伸過手去……。

我顫顫的試著伸出手，摸在玉米上，哆哆嗦嗦的捏來捏去，碰上軟軟的東西馬上鬆手。摸上去什麼感覺也沒有的時候，我就鬆了一口氣。

我再走向下一棵，繼續為玉米診斷。我不敢快走，怕被老師和同學發現作假。我慢吞吞的往前挪，馬馬虎虎的摸著，臉上還要裝作認真檢查的樣子。

終於我走到地頭了。

完成任務的同學去報告老師，老師再來檢查。

老師檢查了絕大多數同學後，我才報告，讓老師來到我這裡。

他用手細細摸索著，在每棵玉米上探來探去，一會兒找到了一隻蟲子，一會兒又找到了一隻蟲子。

我都不敢看老師了，其實我在這一趟裡，一隻蟲子也沒抓住。當老師望向我的時候，我的臉一下子紅了。

檢查結果不合格的，老師把名字記下來了。我心裡很委屈，希望大家能盡快忘掉這件事。可是還沒等大家忘記呢，第二天就開始選班長了。

要知道，為當上班長，我早就做好了準備。不光是好好讀書，班上的打掃工作我也搶著做。我就想在小一上學期就選上班長，家裡的哥哥姐姐都當過班長，我說什麼也不能落後。

「競選班長的條件我說一下。」老師說。大家都看著老師，等著他說。

「一、功課要好，二、團結同學，三、關心集體，四、熱愛農務。這四樣一樣也不能少，大家按這個標準來提名。」

丟丟銅仔

一提到農務，我就想到那些蟲子，彷彿還能看到牠們在某處爬呢，我身上起滿雞皮疙瘩。

班上農事不合格的人就我們五六個，大家都記得清清楚楚的。

果然，票數最多的前三名裡沒有我。

想到我先前付出的努力，我特別想哭。

能夠擔任班級幹部的同學，學校很重視。每班只有三名，各班幹部站在操場前面，當著全校同學的面，在校旗下宣誓……全校師生拚命鼓掌，場面非常熱烈。

葉香居然當上了，另外兩個一個是副班長，一個是風紀股長。

一下午，我都不高興。時雨聽我二哥說我沒當上班長在家哭呢，就跑來安慰我。

「安格，妳看，阮家閣買新玩具了。」他把手伸開，我看到五顆玻璃彈珠。

看到彈珠我又高興起來，冬天冷了，我們只能在屋子裡玩，屋子裡能玩的東西不多，玻璃彈珠最好了。

「妳莫傷心，妳讀冊那麼好，後擺一定會選上的。在我看來，早一天和晚一天也無差，只要讀國小時選上就會行。」他又說。

在他的勸說下，我又高興了。他看我有了笑臉，就回家了。

「哎，安格，安格，看，馬上大功告成了。」俊彥推開門進來了，他手裡拿著陀螺。

「我看一下。」我接了過來。

「就差一個底了。」他說。

「圖釘咁袂使？」我只想到圖釘是滑的東西。

「圖釘無法度弄到木頭裡面，一釘就彎。妳若是知影誰厝內親戚有車工，那就好做多了。」

我說等我大姐回來問問她，她是大人，能知道。他的陀螺外觀不大好看，但已經有形狀了。他掏出一個小鞭子，我倆在床上抽起來。可是底部沒有滑的東西，是木質的，時間久了就不靈活了。

他說：「等找到珠子的時候，咱就去外面玩。」

俊彥又說：「安格，妳真戇，妳驚蟲，是按怎毋找我？葉香也驚，猶毋過伊讓別人鬥抓蟲。老師毋知影，閣當做伊自己完成任務了。」

我一聽又哭了起來，俊彥哄我說：「莫哭，莫哭，我閣有一個好消息欲告訴妳。」

「什麼消息？」

「礦裡春節有表演。咱老師打鼓呢，在活動中心裡，我看到兩次了。」

「咁是真的？」

「真的，妳看到老師，就替伊鼓掌。伊若是看到了，一定會很歡喜的。」

他接著說：「葉香夢到老師算什麼本事，妳見到老師，跟老師講話才是真本事。妳趕緊去吧。」

丟丟銅仔

那天早上我們剛走到葉香家門口，她就跑出來，興沖沖的說：「昨暝我夢到老師了。」

「啥？妳講啥？」我大吃一驚，不停追問。

老師天天替我們上課，見到老師本來就是正常的事，但夢見——這可是另外的事了。這瞬間，彷彿葉香的靈魂非同一般了。

「我——夢到——老師了！」她一句一句的說。

「咁有影？」我問。

「嗯。」她一副讓我探究的樣子，不願往下多說。

「咁無騙我？」我搖著她的手問。

「無。」葉香很認真的發誓。

「妳趕緊講，攏夢到啥了？」我追問她的夢境，一臉期待的看著她。

「我夢到老師讓我行到講台前帶大家讀生字。」她甩開我的手，站在那裡，來回的走，好像她此時正在黑板前面。

我腦海裡想像她在前面領我們唸生字，宛如老師般神氣的樣子。

「真好呀，真好。」我不知該說什麼，只是羨慕的重複這兩句話。

「全班同學攏跟著我讀。」葉香的臉上像是有光的樣子。

「妳讀什麼了？」

「那天老師袂記得東西，要轉去辦公室拿。我坐在第一排，老師一眼就看到我，讓我先帶大家讀一會兒黑板上的字。毋過我毋敢去，坐在那裡無動。唉，我真戇，我無膽，毋敢去黑板頭前。有一個詞是天空，其他的有點袂記得了。」葉香說。

「天空！」我也記住了這兩個字，我想以後老師再讓我上台領大家唸生字，我一定去，還要很大聲的領讀。

我想，老師出現在葉香的夢裡是件奇事。

「麗霞妳緊來，緊來。」我看麗霞走過來便大聲喊她。

「葉香昨暝夢到老師了，妳趕緊把這夢閣再對麗霞講一遍。」我大聲喊著。

葉香又把這個夢對麗霞講了一遍，看得出來，麗霞也挺羨慕的。

那一整天，我們一遍一遍聽葉香講她的夢，本來說好晚上去小河邊找草種子，可我們半顆種子也沒找到，一點做事的心思也沒有了。

可我講給俊彥時，他說看到老師、和老師說話，才算是本事呢。我當時不以為然，沒想到這麼快就有機會見到生活中的老師了。

我們為去看老師而激動，這真是有點奇怪。在學校看到的老師，是老師；但在生活中看到，那可是另外一回事啊。

晚飯後，我們三人匆匆往活動中心走去。活動中心不管轄煤礦事務，但煤礦和活動中心的活動都是我們生活的一部分。

丟丟銅仔

到了活動中心，人真多。建築物裡三層外三層的，都站滿了人。

我們三人拚命往裡頭擠，找歐陽老師，找打鼓的。

老師看到我們，一定會和我們打招呼。也許還會說：「妳們也來了?」我們就會按照俊彥的話搶著說：「是呀，我們來了，我們是來看您的，我們來替您鼓掌。」

可是人太多了，我們長得又矮，總是擠不過大人。有一次差一點成功了，可是後面的人一推，我就被擠了出去，還摔了一跤。

我和她倆被人群給沖散了，自己走回家的路上，我有點迷糊。天漸漸黑下來，我因為心情不好，走路的時候，也沒思考，順著人多的地方走。等到我清醒時，才發現自己走錯了方向。我平時是能找到家的，可是那天不知道為什麼，腦子裡空空的，就是想不起回家的路。

越想越急，越急越找不到家，沒有辦法，我站在路中央哇哇大哭。

有個中年男人過來，問我：「囡仔，妳是按怎?」

「找無厝了。」我哭著說。他又問我家在哪裡。

我想起了爸爸告訴我們的話：爸爸說，如果有一天在外面找不到家了，就告訴人家我們住處的地址，要記得說在醬油坊窗戶對面。

我就把爸爸的話告訴了那人，他想了一會兒，說：「我袂記得路名，毋過我知影醬油坊在佗位。」

童年

他帶著我走，走到一條小路，然後轉了兩個彎，來到大路上，再往前走就到了醬油坊。他說：「這就是醬油坊，妳咁會當找到恁家？」

看到了熟悉的路口，我馬上點點頭，擦乾眼淚，就往家跑去。

我終於回到家了。

煩心事

沒看到生活中的老師，我還是羨慕葉香的夢，可我和麗霞一次也沒夢過老師。

上午上課，下午我們出去玩，可還是玩不夠。就盼望著寒假了，寒假來了，我們要整天出去玩。我們盼望的寒假終於來了，把通知書交給家長後，我們開始計劃怎麼玩。可沒想到，他們幾個比上學時更忙了。時雨整天在家，繼續看弟弟們打架。

麗霞的媽媽出去找工作了，在市場賣菜，家裡的事全是她管著。胖弟弟、貪吃的妹妹、偷醬油的哥哥，仍然在她手下，這個小部隊還歸她管。

只有我和俊彥和平時差不多。俊彥的媽媽從來不上班，他家經濟條件好。俊彥的舅舅也有錢，總送東西來。

我是家裡最小的，不用管別人。

我的寒假，讓媽媽想起大哥，她盼望大哥回來。大哥明年畢業，如果他畢業後定居外地工作，離媽媽遠了，媽媽更沒機會阻止了。媽媽天天為這事憂心忡忡的。

有一天，我和葉香、麗霞出來玩，我們想起了俊彥做的陀螺。

「行，咱鬥陣去找俊彥。」我興奮的說。

童年

「我先轉去厝內拿個東西。」葉香一聽要去玩陀螺，二話不說的同意。

我讓麗霞也先回家準備一下。很快她倆就跑出來了。

沒等進俊彥家呢，就聽到屋裡的吵架聲，是俊彥媽和俊彥爸。

我們這裡家家都有孩子間打架的時候，因為孩子多，孩子不聽話。但他家打架和我們不同，他家打架是大人間的事。

俊彥正在刻第二個陀螺，他手裡的小刀好快，一下一下的刻，不一會兒，地上就出現了一堆木屑。他說這個陀螺是刻給我的。

他對爸媽吵架都習以為常了，他們吵時，也不影響他做事。

俊彥和美芳的親媽偷偷來看他倆，俊彥現在的媽媽就生氣，回頭就和俊彥的爸爸打架。俊彥的爸爸還不敢離婚，因為俊彥的媽媽家有好幾個哥哥，都是會打架的人。

俊彥也為難，他兩個媽媽都對他很好，可是她倆老是吵架，他也沒辦法。

我們四個人出來，決定去找時雨，一起出去玩陀螺。

到了時雨家門口，我們喊：「時雨。」

「時雨，發生什麼代誌？你的面有一道……」時雨出來了，他手捂著臉。

「無代誌，我四個阿弟仔摔傷了。」他說。

「摔傷了？他摔傷了？跟你的面有啥……」葉香不懂，便問。

「怎麼攏摔傷了？」我忙打岔。

他四個弟弟在家裡打架，在外面可團結了，一人打架，四個一起上。四人全受傷了，這事有點怪。

「你講看看，發生什麼代誌？」我問。

那兄弟四人在路上玩，突然看到有輛馬車經過。

馬車是空車，正急於去拉貨。他們看上面沒人，就一起爬上去了，坐在馬車上大笑。

馬車老闆讓他們下去，可誰也不聽。老闆把車趕得很快，想把他們震下去。可他們四人緊緊抱在一起，就是不下。

老闆沒辦法，拿鞭子往後抽。他們一起往下跳，馬車不高，離地面很近，跳下去也沒事。大冬天的，他們包得像顆粽子，即使摔下來，其實一點也不痛。可最小的弟弟就說膝蓋破了，哇哇大哭。

他後媽心疼這個孩子，想找馬車老闆賠醫藥費，可他們都想不起老闆長什麼樣子了。他後媽就怪時雨沒帶好弟弟們，他辯解了兩句，他後媽就甩給時雨一巴掌。

「時雨，你咁想你親生阿母？」我看著他問。

「想，我阿母若是活著有多好，我就什麼代誌攏毋讓伊做。」

過了一會兒，他又說：「我以後多給伊鬥相共，把她當做我親生阿母吧。」

「我阿母就什麼代誌攏毋讓我二兄做。」

大人的事，我們都沒有辦法，我們來到小河邊胡思亂想。

我們玩了一會兒，把不高興的事都忘了。可沒想到，晚上俊彥的媽媽來我家，進門就哭了。這回她沒拿大菸袋，看來情況挺嚴重的，我想。

聽她跟我媽講，事情是這樣的：冬天缺水，一來水了，大家都去排號。通常是孩子先排號，等排到了，大人再過去運水。今天晚上人少，俊彥去了後，發現前面的人不多，他跑回家找他爸來。

他爸在後面慢慢走，他先跑回來，發現原來前面有五個人，現在反而有六個人了，他就問誰插隊了？沒人理會，他就看了前面的幾對桶，發現至少兩對是多出來的。他上前就把一對桶拿了出來，那人看他是小孩子，就過來推他。

俊彥拿起兩個水桶和他對打。他們的桶在空中撞來撞去的，對方的桶品質不好，就被撞凹了。等俊彥爸爸來了，人家讓他們賠。

俊彥媽媽聽說後，就抄起大菸袋打了俊彥一下，沒想到俊彥沒躲，打在額頭上了，他額頭當時就瘀青了，他媽媽嚇壞了。

上醫院包紮後，他媽媽才想起問原因。

排隊取水的人把事情說了一下，理虧的不是俊彥。他妹妹美芳責怪俊彥：「怎麼毋知閃呢？」

俊彥說：「讓阿母消消氣吧，一個查埔囝仔閣驚挨兩下打？」

俊彥媽媽聽了後，很後悔。來到我家，跟我媽說完她就哭了。

媽媽說：「做阿母的要保護自己的囝仔，讓囝仔心安。袂使一有代誌，無問清楚，就怪罪自己的囝仔。時間久了，囝仔就會感覺大人無在意他了。妳這次若是先問原因，就袂給囝仔打了。妳看俊彥多懂代誌呀。」

在媽媽眼裡，愛孩子是天經地義的事，她不喜歡我爺爺的原因就是：我爺爺年輕時好揮霍，把家揮霍窮了，他自己就跑了出來，竟然不管我爸。

我爸的親媽沒了，他在家裡沒人管，就跟他外婆一路上乞討過來的，到了煤礦就下井了。

媽媽之前常說，爸要是有受教育，就不會下井的。

其實這話說得不對，她不知道，如果爸有讀書，他就不是我們的爸爸了。他不去下井，就不會在鄉下認識媽媽了。

媽媽一生氣就說這件事，後來大姐安小南實在沒辦法了，就對她說了這個事實，她想明白了，再也不這樣說了。

我們都來安慰俊彥，他倒不在乎，還是那句話，男孩子挨打算什麼呀。

我們抽著沒有珠子的陀螺，很快忘了煩惱。我們一起談論長大的事……

「阮會越生越高！」兩個男生喊道。

「阮會越生越水……」葉香先說，麗霞一聽也說對，就拍手說：「對，阮會越生越水。」

我盼望春天，春天我們就開學了，春天我們會有不一樣的故事嗎……？

「東南西北」很好玩

脫掉厚厚的大外套，穿上漂亮的紅色針織衣，春天跟著我們氺了。

「安格，我教妳玩這個，是我拄才學的。」時雨把疊成的紙給我看，是個正方形，有稜有角的樣子，四個小框上分別寫著「東、南、西、北」四個字。

「按怎玩？」我還給他，讓他示範給我看。

他把那個紙彈開，把兩隻手的拇指和食指放在裡面，手指一伸一縮的，說：「東南西北，恁家有鬼。」

「啊？恁家才有鬼呢！」說完，我就接過來跟他學。

「我教妳玩法。比如我問妳，妳欲幾下，妳欲東南西北哪一個？」

「四下。北。」我脫口而出。

「妳看我，啊。」

「一、二、三、四。」他雙手的拇指和食指一起運轉，讓我看打開的紙框上，在北的地方，我看到上面寫著：老師。

「妳以後咁欲做老師？」

「這個，我毋知影。」不過一提到老師，我又想到了我們的歐陽老師。

他不喜歡男老師，我上次跟他說時，他說：「查埔的？我才無佮意查埔人。」時雨可能想到他的弟弟們了。

「閣換一下，我這回欲六下，南。」

時雨又兩手翻飛一番，打開一看，上面寫著：藝術家。

這個挺好的，雖然我不懂藝術家具體是做什麼。他又要我學著玩，然後他說他要兩下，要東。我學著他的樣子，一、二，翻開一看上面寫著：軍人。

他說：「我上佮意做軍人了，有槍，多威風。」

「那以後就做吧。」我說。

我學會玩「東南西北」，覺得好玩極了，就教麗霞和葉香，她倆一下子就學會了。第二天上學，我們每人帶一個到班上玩。一天的工夫，全班同學都會了。

下課的時候，同學都在玩「東南西北」，玩得熱火朝天。

紙框上寫的名詞也五花八門的，不像我寫的都是好聽的詞。我在上面寫的大多是好職業，比如老師、警察、工人、農夫等。他們什麼都寫，小偷、神經病、壞蛋等。

我最後放棄了這個遊戲，因為我發現他們更願意玩有「小偷、神經病、壞蛋」這樣的名詞，並且通常會大笑一場。

葉香和副班長一起玩，她一下子就抽到了神經病，這下全班女生都起哄：「葉香是神經病，葉香是神經病。」

葉香哭了。

我想起了媽媽說的話，葉香家裡真的有問題嗎？葉香當然不會是神經病了，她還那麼小呢。

麗霞告訴我，她媽媽不讓她和葉香玩，說她家有政治問題，怕影響我們。還是二姐安小西提的問題。麗霞說：「妳選，是要跟我好還是跟伊好？」我們的好，其實很簡單，就是一起上學一起玩。

我想了想，在她倆之間捨棄了葉香。畢竟跟她認識的時間不長，而麗霞呢，我倆從小就玩在一起。

我和麗霞上學不再找葉香了，她感覺到我們冷落她時，也不主動說話。

她在我家門口晃來晃去，想進來，又不敢進。我也裝作沒看見，不出去喊她。很多時候她在外面晃了一會兒就離開了。

葉香在學校沒有朋友。

有一天她從學校出來，在路上碰上別班兩個女生欺負她。她們纏住她，對她的衣服說風涼話。葉香只睜大眼睛，並不回擊。兩個女生越說越起勁，在她前後左右跳來跳去，譏笑她。她的眼睛裡，湧動著晶瑩的淚。

「太欺負人了！」我和麗霞交換一下眼色，還是追上前去，一左一右搭在她身邊。那兩個女生不能靠近她了，我們算是幫葉香解了圍。

我和麗霞再不忍心她獨自一人上學，就商量跟她和好。我看她在學校也總不說話的樣子，心裡很難過。上學時，我們走到葉香家門口，特意停了一下，希望碰上葉香。

麗霞也說，她家的問題是她家的問題，她不會有問題的。我們當時也會用大人的思維判斷，並且我們也不知什麼叫問題。

我希望她也剛好從門裡出來，就能當做是無意中碰到的。

門開了，葉香真的從門裡出來了。葉香看到我們時，愣了一會兒，眼圈紅了一下。

我們很自然的又一起上學了。但是，我心裡的疑問總不時閃過。終於有一次，我忍不住問：「妳阿爸是做毋對什麼代誌了？」

我想到葉香的爸爸，那個瘦高的男人，就覺得他打架保證誰都打不過。不會打架的人怎麼能犯錯呢？

葉香好像不知怎麼開口，最後說：「我也毋知影，我阿爸從來毋捌傷過別人，伊是中學老師，咱課本上的字，我攏認識，就是我阿爸給我教的。」

我心想：難怪她功課那麼好。葉香用硬紙疊成鉛筆盒的大小，放在我鉛筆盒裡面墊上，再把小刀、鉛筆、格尺等放進去，這樣即使我的鉛筆盒再晃動，也沒有聲響了。

鉛筆盒上半部分也放上一張紙，寫上國語、數學、音樂和體育。

「這叫課程表。」她對我說。這樣我的鉛筆盒看起來整齊多了。

放學了，她小心翼翼的和我們走，只聽我們說話，她自己卻沒有話題。我走過來哄著她說：「行吧，無代誌的。做毋對就改吧，老師毋是有講過，大人囝仔攏有可能做毋對，哪天阮讓老師去恁厝內給伊鬥相共，咱以後會記得就行了。」

我們三人每天在一起寫作業。寫完作業，她就教我們編四股和六股辮，我會了以後，回家替兩位姐姐編好看的辮子，她倆都挺喜歡的。

葉香還教我們玩跳房子，就是在地上用粉筆畫個框，然後把一種叫「口袋」的玩具放在裡面，兩腳夾住口袋跳上去，一格一格往裡跳。

口袋是用碎布縫成的，裡面放一點高粱米什麼的。我們都覺得很好玩。

她還教會我們跳橡皮筋，她長得比我高，跳得也比我高。有時我們不夠人數，就把橡皮筋掛在屋旁的柵欄上。柵欄也充個人，替我們拉橡皮筋。

認識葉香後，我發現平時能玩的遊戲更多了。葉香的哥哥替我們把斷掉的橡皮筋重新打了個結，並說這個結要怎樣打，他做了示範，說這個邊壓上另一個，這樣就越打越牢固。我第一次看清了葉香的哥哥，他也瘦瘦的，身材頎長，小眼睛，看起來很有精神。

葉香的媽媽，那個柔美的女人，非常歡迎我們去她家玩。

我們居住的都是工人家屬房，大致的格局都一樣，但她家和我家的規格就不一樣了。我家就一個房間，一張大床，前面有一排箱子，箱子上面是保溫瓶、茶盤，茶盤裡放著水杯。

葉香家中間是走道，兩邊是床，床上放著被子，走道最裡面放著箱子。箱子上放著一堆東西，不是擺設，都是實用的。和我們家差不多，就是保溫瓶和裝水杯的茶盤。

葉香的媽媽會用鉤針鉤織東西，她用白色的線鉤成小簾。圖案的中間是個圓心，四周像是有梯子支撐的連線，再往四周又是圓形的小花，再往外就是立柱。小簾蓋在茶盤上，防止落灰，這樣看上去還像個圓頂的小房子，真好看。

「帶妳阿母來吧，我教伊，這很簡單。」葉香媽媽跟我說。

我媽便帶著麗霞媽媽到葉香家。

「好學，恁兩個莫著急。」葉香媽媽鼓勵她們。

我媽很快就學會了，她回家就開始鉤，甚至忘了煮飯時間。

俊彥的媽媽也想學，可她眼睛不太好，總看不清，後來還是葉香的媽媽有辦法，教會她一個最簡單的圖案鉤法。

那一段時間，我們那條街的媽媽們都學著鉤東西蓋茶盤，我媽還鉤了一個門簾，掛上可好看了。

葉香媽媽還很會做麵食。

我們最愛看葉香家包餃子了。

葉香媽媽做餃子時，把麵揉好，用刀切小塊的劑子。切好後，兩手一推，一壓，一排排劑子就變成圓片。然後她雙手同時擀麵片，一次兩個。她也教了我們，但我們都沒學會，我們更願意在旁邊看。

在她手下，一會兒就一堆麵片，包的人又多，看著太過癮了。

我們這幾家因為孩子的原因，很快都成了很好的朋友了。

公所阿姨也不時稱讚我們這條街，說孩子團結，家長也團結。

童年

藍天白雲好時光

換了正規學校

我媽和麗霞媽不再反對我們和葉香來往了。葉香對我們說了她在基隆的故事，她說她在基隆讀書的時候，不用帶板凳。她比我們大一歲，讀過一年級。

唉，板凳拿了一年，人家一看我們拿板凳，就說：「小學生。」好像我們有多小似的。

又是秋風進校園，我們上二年級了。其實我們沒有校園，只有一間磚房教室和前面的大空地。旁邊的廁所表示了這是個有很多人在的地方。

下課了我們就往廁所跑，跑到那裡，站隊排號去。有時得排好長時間呢。

牆上的大紅標語，表露著這裡有些神聖。從神聖的操場邊上，老師走進了我們班。

「我有一個好消息要告訴你們。」歐陽老師一手拿著粉筆盒，一手拿著書，笑著說。

「好消息，什麼好消息？」膽子大的幾個男生大聲喊。

老師放下粉筆盒和書，從書裡拿出一張紙來。

「我們要換學校了。」老師說完，眼睛巡視了一下大家。

「啊？換學校？」

「換學校了，老師會不會換？」我馬上想到這個問題。我暗想：千萬別換老師呀，我們都喜歡歐陽老師，他從來沒打過學生，媽媽的擔心是多餘的。

「老師，那您呢？」前排有個女生站起來問道。我們都想知道答案，盯著老師看，想知道老師的去處。

「我嘛，跟著你們走，不過，是一部分。」老師擺手讓女生坐下。

我一聽老師跟著我們走就放心了，可聽到他後一句，還是很擔心。不知他跟的那部分有沒有我。

「我們班一部分去二小學，另一部分去一小學，我跟著去二小學的同學走。」

現在待著的小學是政府為安排礦工適齡的孩子，臨時成立的過渡學校。過渡一年，才會升到正規的校園。因為缺教室呀，等畢業生一走，才能空出教室來。

同學們你看看我，我望望你，又統一集中目光盯著老師看。

「我唸一下去一小學的名單，學校是按離家遠近分的，所以說去了一小學的同學，離家更近了。一小學也很好的，你們會有新的老師。」老師舉起手裡的那張紙說。

老師手中的那張紙決定我們的歸屬，我心裡有些忐忑。

老師唸了去一小學的名單，我提心吊膽的，閉著眼睛念叨：「沒我，沒我。」終於老師唸完了，名單裡真的沒有我。我一下子輕鬆起來。

唸到名字的人，都苦著臉。大家都不願意去沒歐陽老師跟著的一小學。更開心的是我們幾個全部去了二小學，這真是好消息。我望著老師，心裡想。

「我剛才說的好消息，還有一個……」老師說。

「還有好消息？」同學們小聲議論著。

「對，上二年級了，同學們不用帶板凳了，一小學和二小學都有桌椅。」帶板凳，曾經是上學的標誌。現在不帶板凳，是正式學生的標誌了。

「不用帶板凳了？」同學們都很高興。

對我來說，是兩個好消息。我望向麗霞和葉香，她倆的小臉都紅撲撲的。我們三個又是一路笑、一路鬧的回到了家。

「麗霞的阿姑來了。人家拄來，有好多話欲講的，妳不准去呀。」剛到家，媽媽就叮囑我，說麗霞的姑姑從臺中來了。

我可喜歡別人家來客人了，不管誰家來了客人，我們就去人家屋裡站著，聽大人之間八卦。就是家家屋子小，只能站在門邊。

我知道臺灣還有別的縣市，有其他縣市就有許多故事。我喜歡聽故事。媽媽剛開始還罵我，不讓我給別人家添麻煩，可是她發現罵了幾次我也不聽，後來就不管了。

再說了，媽媽要管的事也不少。大哥在外地唸書，他寒暑假回來時，我就纏著他講這講那，通常他沒時間理我。

他一回來，爺爺奶奶就讓他過去住。住三天五天的才回來，過幾天還去。本來假期就不長，弄得媽媽也想他。

還有他的同學，那些去工廠、去農村的，知道他回來了，都找他出去玩。

葉香家的到來，讓我知道了她的故鄉有海，海是什麼樣的呢？我聽大姐安小南說，海比河大多了。其實她也沒看過，她只是在書上看到的。

我嚮往外面的世界，相信等我長大了，一定有更好的生活在等著我。

媽媽的老家在農村，我家的親屬都是農村人。媽媽嫁到礦上，他們覺得我家一定很有錢。其實媽媽過日子很小心翼翼，一點也不敢浪費。

爸爸的薪水要養活我們全家七口人，大哥在外地唸書，媽媽每個月還要寄錢給他。

農村親屬除了來借錢，也有想嫁到礦裡來的，他們羨慕我們每月有薪水，不用像他們總要到年底賣了糧食才有錢。

媽媽有點為難，不借不好意思；借了，他們要好長時間才能還上。再說了，我家錢也不多呀。

有要嫁人的事，媽媽不愛管。媽媽跟我們說，她們看到的是爸爸下井薪水高，可是，爸爸天天上班，媽媽擔驚受怕的，她們沒看到。所以不想替她們找下井的。

他們還常來賣菜。他們對市場不熟，媽媽讓爸爸陪著去。有時爸爸幫他們賣。爸爸自己去沒意思，就讓我們幾個人跟著他。

童年

「我？我毋去，我是查埔人，將來也袂賣菜。」二哥安小北馬上說。他的事可多了，一放學，總有同學來找他玩，星期天我們也見不到他的人影。

大姐安小南、二姐安小西，她倆都想待在家唸書，誰也不去。我家的榜樣就是我大哥，她倆都想考第二，和讀書無關的事，她們都不愛做。她們將來都是要做大事業的。

理由都讓他們說了，我就不知道說什麼了。還有我這人不知道怎麼拒絕別人，看著爸爸越來越失望的眼神，我只好裝作非常樂意的樣子，答應他。

果然他高興了。

賣菜有時會碰上熟人，碰上這種情況，我只好低著頭。

可怕的是，有一次碰上歐陽老師了。他過來問我爸：「你這裡毛蔥一斤多少錢？」

我一看是歐陽老師，轉身就跑，跑得飛快。尷尬的是爸爸喊了我好幾聲，而且是喊我的全名。

「安格，安格！」那幾天上課，我一直不敢看老師。

從那以後，我說什麼也不陪爸爸去賣菜了。

認識葉香以後，我知道她家在基隆，還在海邊，我就想：她家怎麼不來客人呢。

那天我忍不住去找她：「葉香，恁家怎麼攏無親戚來看恁呢？」

「阮家親戚本來就無多，阮來到這裡以後，就無人跟阮聯絡了。」葉香有點傷感。

「為什麼？」

「他毋相信阮，以為阮阿爸……」葉香沒往下說。

「妳阿爸一看就是好人，伊給咱講的作業，全對。我攏跟老師講了。」

「啊？以後莫和老師講我阿爸，阿爸伊佮意寂寞。」

「寂寞？什麼叫寂寞？」我歪頭問。

「反正、反正妳以後莫閣跟別人講我阿爸好無？」葉香的眼睛盯著我說，我在那裡看到了乞求。

「好。」我雖然不明白，但她是我的好朋友，我不願看到她這樣求我，痛快的答應了她。

「哦，我知影了，妳家親戚感覺咱這個所在太小了，無願意來。」我自作聰明的說。

葉香望向遠方，她沒有回話。

唉，她可能想家了。我想帶她去麗霞家，聽麗霞姑姑講老家的故事。

老家來人了

我本來想和葉香去麗霞家看她姑姑。她姑姑每次來，都帶許多好吃的，她也分給我們，有黃黃的番薯乾，紅紅的大棗，都滿好吃的。

我回到家，看媽媽心情不好，就老老實實在家待著，哪裡都沒有去。

她說一個個都不讓她放心，原來是大哥的女朋友來信，說一些好聽的話，大意就是讓我媽同意他們相處。媽媽說這是半威脅她不准拆散他們。

還有大姐要去商店賣貨。她是年級代表，經常要配合學校參加活動。

媽媽不想讓她當年級代表，說太影響功課了。

這事大姐安小南可不敢去說，她怕老師。其實我想她還是想當。

我不敢走，怕媽媽說我也不讓她放心。

我偷看安小西，只見她聚精會神的看書呢。我覺得我應該向她學習，於是就把書拿出來，安安靜靜的看書。

我心裡想著麗霞的姑姑，早上起來，背著書包，拿塊麵包就找麗霞去了。

沒想到麗霞也出來得挺早，正往我家跑來，我們互相喊了一聲，就停下了。

「安格，安格，妳看我。」她抓我的手，往她的脖子上摸。

「看什麼？一暝無看，妳閣變了……」剛說到這裡，我突然發現她是有變化呀，小臉紅通通的，不對，還有哪裡不對？我再看。

她脖子上有一道鮮紅的顏色，那是一條圍巾！

「佗位來的？緊讓我看看。」

麗霞從脖子上慢慢的解下來，展開後，又折疊得方方正正，輕輕放在我的手上。一握，一小把。好軟呀，那麼大的東西，疊上後，就一小把。上面一個細密的小網連著，橫看豎看斜看，都能連成線。

「好看吧。」麗霞問我。我顧不上說話，把圍巾放在臉上貼著，閉上眼睛，體會軟軟的、暖暖的叫圍巾的東西。我聯想起爸爸拿回來的蛋糕。

爸爸平常在井下作業是發麵包，一些重要的時刻才發蛋糕。蛋糕軟軟的、熱呼呼的特別好吃。

手裡的圍巾，讓我體會到這種軟。

「我阿姑來了，伊送給我的。」「我阿姑閣拿番薯乾了，等暗時我偷偷拿給妳呷。」

麗霞拉著我，一邊走一邊說。我的目光還盯在紅圍巾上，沒心思聽她說別的。我對吃的東西也感興趣，更感興趣的是我想知道臺中是什麼樣的，麗霞的姑姑家離基隆遠不遠。

葉香家在基隆，可我不敢問她。一問葉香就轉移話題，弄得我倆都不好意思。我只好誇她爸爸，說她爸一看就是個好人，還勸她不要難過。

葉香說，和我們成為好朋友她很開心。

她還說老師家訪的時候，還誇她爸爸，說她爸爸是個有學問的人。

我聽老師說，葉香的爸爸可厲害了，什麼都懂。

我們老師也很好。他說過，有什麼問題都可以問他。他不會的，他會問別人，也會告訴我們答案。我最愛提問題了，老師和媽媽說，安格最好學。

麗霞戴著紅圍巾，我們走在陽光燦爛的小路上，一陣陣小風輕輕的刮，十分涼爽。路上總有人看她的紅圍巾。

「我阿姑給我帶來的，我阿姑家在臺中，可遠了。」她和別人這樣說。

我也很自豪，好像我的脖子上也有紅圍巾一樣。快到學校了，麗霞突然說：「哎呀，咱忘記叫葉香了。」

「哎呀，慘了，袂記得了。」我說，光顧著紅圍巾，把叫葉香的事忘了。

「伊咁會袂赴？」

「伊咁會生氣？」我倆嘆了口氣，也只好在教室坐下來，眼睛望著門口。但好一會兒，葉香也沒進來。

老師拿著教案和粉筆盒先進來了。葉香跟在後面，她遲到了。

葉香平常功課好，老師沒有責怪她，讓她坐到自己的位置上去。我內疚的望向她，她假裝看別的地方，沒理我。我知道她生氣了。

這一堂課，我和麗霞都沒上好。沒上好的原因一是怕葉香生氣，二是我們的焦點都在麗霞的紅圍巾上。

麗霞的紅圍巾在班上引起了轟動，大家都朝她看，麗霞張著大嘴樂呵呵的。下課了，老師一離開教室，同學一下子圍了上來。

大家七嘴八舌問這問那。「這是啥呀?真好看。」「一個小網一個小網的，親像漁網。」「妳的圍巾真好看。」

麗霞甩甩頭，驕傲的說：「我阿姑給我的，好看吧?這不叫圍巾，伊叫紗巾。我阿姑家住在臺中，離這裡好遠呢。」

葉香站在後面，沒有往前湊。

我想上前和她說話，麗霞在我耳邊說：「無代誌的，等我暗時拿點好呷的給葉香，伊就袂生氣了。」我一聽也對，現在我上前去，也擔心她不理我。

這課我聽得心不在焉，總想著下課時我們在外面疊成不同形狀的紅紗巾。想著她把紗巾疊成三角形、正方形、長方形，往我頭上比劃著的情景。

我一門心思盼著中午放學。下課鈴終於響了，我們拔腿往外跑，出了教室門口，麗霞就拉著我躲開了其他同學。

「安格，給妳戴一會兒，到厝就還我，千萬袂使讓我阿母看到，我阿母講這條紗巾好貴的。」

我睜大眼睛不相信的問道：「真的？真的？」

「真的，緊戴上。」麗霞催我。

「毋過，我阿母講這條紗巾好貴的。」她又強調一遍。我閉上眼睛，屏住呼吸，任由她的手在我的脖子上繞來繞去，暗暗盼她快點圍好。

「好了，莫叫圍巾，歹聽。要叫紗巾。」麗霞終於鬆開手。

我拉著她的手，轉圈的跳著，笑著，覺得自己現在一定很好看。

麗霞捏著我的臉蛋說：「安格，妳生得水，戴上後更像公主了。」

「我像公主？有影無？」在我們的世界裡，公主是世界上最好看的女孩。

「太好了，我像公主了。」

「安格公主。」麗霞跟著我跑，她高興的喊著。我把自己送進幻想裡，轉了一圈又一圈，想像著自己成為公主，坐著豪華馬車，在路上，一些人來圍觀。微風吹過，紅紗巾飄起來，我的脖子暖暖的，癢癢的。

我覺得童話世界就是這個樣子，太幸福了。可我的幸福存在的時間太短了……。

飄逝的紅紗巾

我們上學的路邊還長著青草呢。青草不管我們，自生自長，自榮自枯。

「公主，遠遠的臺中，番薯乾。」一路上，我們只說這個。

今天的路走得好快，一下子就到家了。我戀戀不捨的、緩緩的往脖子上一摸。突然，我摸空了。再摸，還是空空的。

「哎呀，完了。」我大聲喊起來。

麗霞被我的喊聲嚇了一跳，她回頭看我，也發現不對勁了。她盯著我，目不轉睛的看，看了又看，突然她大聲喊：「紗巾呢，紗巾去佗位了？」

我一聽臉都嚇白了，摸，沒有；再摸，還是沒有。我不敢相信的事情發生了，紅紗巾不在脖子上了。我的脖子上什麼也沒有了。

我腦子裡拒絕想那幾個字：紅紗巾丟了。我倆慌了神，順著原路往回跑，邊跑邊細細的找，連牆角也不放過。大地空空，滿世界找不到那一縷紅色。我閉上眼睛，像剛才那樣幻想著，在空曠的草地，或者是在轉彎的牆角，能看到紅紗巾躺在那裡……睜眼一看，沒有，紅紗巾仙女般消失得無影無蹤。

「無去了，完了。」我腦海裡就這兩個詞，一想到那條紅紗巾我再也見不到了，絕望得大哭起來。

那條紗巾好貴，我想著麗霞媽媽的話。媽媽會罵我，會打我，我在心裡對自己說。

葉香走過來了，她看到我哭，幸災樂禍的問：「是按怎，走得這麼緊，就是來這裡哭？」我不理她，繼續哭。麗霞也不理她，傻呆呆的看我哭。

「被老師罵了？」路過的好心人問我。我搖頭。

「東西拍毋見了？」我一聽他們提到丟東西的話，哭得更大聲了。

麗霞哄不好我，硬拉著我的手說：「莫哭了，咱轉去吧。」

我不動，就是哭。

「好了，好了，轉去吧，我就講自己拍毋見的。」我腦子裡空空的，被麗霞連拖帶拉，回到了家。

媽媽催我吃飯，還說我今天最晚回來，哥哥姐姐都吃過了。可我也沒吃，幾次往外跑，去麗霞家門口聽聽她家有什麼動靜。一有大的說話聲傳來，我就往回跑，結果什麼也沒聽到。

下午，我看到麗霞脖子上空空的，又哭了起來。我不停的問：「妳阿母咁有給妳打？妳阿母咁有給妳罵？」

麗霞拿著番薯乾遞給我說：「打了兩下，袂痛。罵半晡，也袂痛。無代誌。咱去找葉香，伊閣生氣呢，咱去給伊安慰一下。」

果然，葉香一看到番薯乾就高興了。她說她本來也有紗巾，是藍色的。

「藍色恁咁知？那是海洋的色彩。」她驕傲的說。

葉香高興了，就替我們出主意，她說：「咱去學校問問，若是學生撿到了，會交給老師的。」

我們一聽有理，就跑到了學校。可學校主任說沒有收到遺失的紗巾。

晚飯後，我還坐在那裡發呆，也不願寫作業。

「安格，妳拍毋見麗霞的紅紗巾，怎麼無給我講？」媽媽氣衝衝的進來。

「我……」

「妳無代無誌戴人家紗巾臭美啥？妳看，妳現在拍毋見了，咱閣無所在買。猶閣有，妳拍毋見別人的東西要給阿母講，現在呢，阿母從別人嘴裡知影這件代誌，妳讓媽媽多見笑。」

「我……」我不知說什麼，怕媽媽的巴掌上來，往後退。

媽媽在鄰居裡滿有威信的，平時大家都很尊敬媽媽，說她很會教育孩子，都說我家小孩特別會唸書，她也挺有面子的。

我膽小，怕她打我，沒敢告訴她。但現在看來事情更嚴重了。

媽媽越說越生氣，拿著身邊的雞毛撣子打了我一下。我一看，她還要接著打我，只好拔腿往外跑。

剛跑到外面，就看到麗霞往我家走來。她看到我在前面跑，我媽在後面追，就很奇怪，她問：「發生什麼代誌，妳阿母是按怎欲打妳？」

她去攔著我媽。媽媽看麗霞過來了，就回屋了。

我甩開麗霞，生氣的說：「我阿母知影是我拍毋見妳的紅紗巾了。」

「啊？我、我無講呀。」

「妳無講？無講是按怎我阿母會知影呢？」我起初聲音很大，後來漸漸小了下來，我想起來了，本來就是我弄丟了她的紅紗巾。

「葉香，妳看葉香……」麗霞還要解釋，就看到葉香也從家裡跑了出來。

「講妳多少遍了，莫管別人的閒事，妳閣管，妳為什麼就管袂住自己的嘴呢？」葉香的媽媽，那個我們一致認同脾氣最好的女人，也追著打她。

葉香向我跑來，拉著我的手說：「安格，安格，妳莫生氣，我毋是故意的。」

葉香的話，讓我一下子想明白了，是我錯怪麗霞了，原來是葉香說的。

「猶毋過麗霞的紗巾確實是妳拍毋見的呀。」葉香委屈的辯解。

我想甩掉她的手，可一想到她也挨打了，再看著更冤枉的麗霞，便不好意思再說什麼。

我們三個人一起跑起來，不約而同的往遠處的小河跑去。

藍天白雲好時光

到了河邊，我們三人坐在了草地上。

「唉，攏怪我這條紗巾，害咱三個攏挨打了。」麗霞過意不去的說。

「等我長大有錢了，一定給妳買上水的紗巾。」我向麗霞發誓。

「妳將來一定有錢。」她說。

「妳怎麼知影？」葉香問。

「安格生得水。」

「生得水就有錢？妳給我錢呀？」我被她逗笑了。

「我阿母講過，查某人生得水就能嫁個好人家。」

「好人家就是好野人的家。」葉香自作聰明的說。

「對。結婚後猶閣有囝仔，等我以後有囝仔了，我就莫給伊打，莫給伊罵，對他很好。」麗霞神往的說。

「我也是，就是囝仔郎毋聽話，我也莫給伊打，莫給伊罵。」葉香馬上回應。

「對，咱攏莫打囝仔莫罵囝仔，一定給囝仔上好的。」說著，我把手伸出來，她倆也把手搭上來，我們三人打勾勾。

「勾勾手指，蓋印仔，一百年，袂使變。」

紅紗巾事件以後，我們三個人感情更好了，我們有了相同的祕密。

當上班長了

「袂使出去，知影無？」媽媽吃完飯就警告我。這幾天社區治安不好，媽媽看著幾個孩子，不讓我們晚上出門。

「閣欲選班長了，妳咁知影？妳這次一定能選上。」俊彥手裡拿著他刻的小手槍一蹦一跳進來了。

一聽到要選班長了，我又興奮起來。要知道，二年級的考試中，我和葉香成績一樣好呢，再說她都當過了，也不會和我競爭了。

「佮意無？」俊彥把小手槍遞給我。俊彥刻的東西好看，給別人的時候，都要東西回贈，給我是無償的。

「哎呀，簡直同款同款。」我高興的誇獎他。

「若是有人敢欺負妳，妳就用這槍保護自己。」

安小西回來說，她們班有個女生被人搶劫了。天一黑，媽媽就讓我們都在家待著，哪裡也不許去。

麗霞說，有個哥哥多重要！可她的哥哥一點用也沒有，她晚上也不能出來了。

第二天上課，老師說：「現在開始選班長，提名的條件和過去一樣，功課好，團結同學，關心集體，熱愛農務……」老師一條一條的說，我就仔細的聽，一條一條對比發現我都夠了。

我看到麗霞、葉香和俊彥，他們的手都舉得高高的，我的票數是候選人中最高的。今年夏天的雨真多，我受表揚的那天，又下雨了。我們連晨會都草草結束。這次擔任班級幹部的同學，不像上次那樣受重視，場面也不像那次隆重，只是站在班級的黑板前面簡單的舉手宣誓。

老師說，當上班長，就要有責任感，要幫助同學一起進步。

他們幾個也為我高興。

放學鈴聲一響，我就往家裡跑，想盡快把這個好消息告訴媽媽。葉香和麗霞在後面喊我，我也沒理她們。這事誰不激動呀，葉香當班長的時候，總是在我和麗霞面前顯擺。

「阿母，我做班長了。」媽媽正在縫被子，她放下手中的針，對我說：「做班長了？好消息呀，去年無做到，閣哭了半天呢。」

「老師講要給同學鬥相共做伙進步，阿母，妳看我現在應該幫助誰？」我搖著媽媽的手臂，高興的說。

「較輕點，較輕點，妳這囡仔，氣力真大。」媽媽把我的手拿開，又說，「老師講得對，應該幫助同學。」

在我眼裡，媽媽是個了不起的人。鄰居家兩口子吵架，媽媽就去幫忙勸說，她的話挺管用的。

「幫助誰？誰讀冊袂行，妳就給伊鬥相共吧。」媽媽覺得這是個簡單的問題。

「誰讀冊袂行呢？」我自言自語道。

媽媽去收拾被子，我坐在床邊開始想，想我這四個好朋友，想他們每個人的情況，分析一下，我該幫誰，怎麼幫？

葉香功課和我一樣好，課業上她不需要我幫。讓她和犯錯的爸爸劃清界限，肯定不行，她和她爸爸感情可好了。這個我也不贊成，一個人要是連爸爸都不愛，能算好孩子嗎？

麗霞數學馬虎，總是考不到一百分，我可以幫她學數學。

俊彥寫字歪歪斜斜的，老師說像蟑螂爬的，這個沒辦法教。他主要是坐不住椅子。

時雨比我大，他的作業我也不太會，沒辦法幫。

只有麗霞一個人需要我幫，可想想，數學就是加減法，就是十個阿拉伯數字來回運算。這事太小了，我有點不甘心。再想想，我肯定能想到更重要的事。

媽媽喊我吃飯，我暫時停下思考。「俊彥來了。」我聽到媽媽說話。

俊彥一進來，就坐在桌子旁了，我一看就知道他沒吃飯。

媽媽讓我倆先吃。看俊彥表情我就知道，他親媽來了。

往常他親媽一來看他，現在的媽媽就生氣，一生氣就不做飯。沒飯吃，俊彥就來我家。我媽對小孩子很好，誰家有事，那家的孩子都知道往我家跑。

看到俊彥狼吞虎嚥的樣子，我突然想到了一個最最重要的問題：俊彥家有矛盾是因為他有個後媽；時雨家裡鬧得天翻地覆的，也是因為他有個後媽。

如果他們都跟親媽一起生活，就沒有這些煩心的事了。

我見過的後媽中，只有麗霞的媽媽最好。麗霞媽媽對她哥很好，好吃好喝的都給他，說給他養病，這樣她哥哥就能多活幾年。

唉，我們這地方，後媽怎麼這麼多呢？我搞不懂，也沒想搞懂。

我得讓她們向麗霞媽媽學習。可這事怎麼開始呢？先去俊彥家還是時雨家呢？一想到時雨媽媽說話的大嗓門，就有點卻步。時雨爸爸在井下是放炮員，有一次遇上啞炮，一時沒躲開，耳朵就被震聾了。從那以後，他們全家說話就像吵架，不大聲說，他爸爸聽不到。

後媽的問題不解決，時雨就沒有平靜的日子，俊彥的作業也總是寫不完。

我發現了後媽這個問題，這才算大事。

「明知山有虎，偏向虎山行。」我在二姐的作文裡看過這樣的話，一下子有了底氣，感覺渾身都是力量。時雨媽媽的大嗓門，俊彥家裡的吵架聲，在我眼裡都不算什麼了。

俊彥現在的媽媽，生氣俊彥爸爸和俊彥親媽來往。如果不讓俊彥的親媽來看俊彥，俊彥會不會生我的氣？

想到這些，我有點擔憂。還是先去時雨家裡吧，讓他後媽向麗霞媽媽學習，給時雨更多的關心。時雨和我二哥同歲，可我二哥在家裡什麼也不做。

俊彥吃完飯就回家了，我往時雨家走。

做熱心的好孩子

時雨家在我家後條街，我走得再慢，一會兒也到了。我用力推開大門，院子裡堆著剛做好的煤坯，它們是留著壓火，冬天可以讓床更暖一點。他家還在院子裡搭了個爐子，夏天熱，可以在外面做菜。還有一堆剛劈的柴，這樣院子都沒空地方了，比我家的院子還滿。

我大步向屋裡走去，默唸了一堆二姐作文裡的口號，可是腿還是有些發抖。但我還是咬牙堅持往前走，快到廚房門口時，我就感覺眼前一陣暈眩，暈眩的原因是有一道光射進來。這束光和一件東西一起朝我飛來，我下意識的捂住腦袋。砰的一聲，就看到有個東西落到地上。我把手放下來，睜眼朝地上看去，是一個雞毛撣子。我想到媽媽那天打我時的情景，不禁擔心的看向時雨。

「敗家子，想欲錢，只知影討錢，也毋先問恁爸一個月賺多少錢。」這聲音雖然很大，但不是時雨後媽，是時雨的爸爸。

時雨爸爸的眼睛紅紅的站在那裡，手指著時雨，嘴裡不停的罵著。我想他一定是喝酒了。

時雨看到我，過來抓住我手，連連問我：「咁會痛？咁會痛？」

我顧不得說話，搖頭，怕他挨打，就拉著他快點走。他回頭朝他爸喊：「老師要的，毋是我要的，你賺的錢攏去佗位了？」

「去佗位了？你講去佗位了？」他爸追出來，我們拉開大門，開始跑。

「全部輸光光了，你阿爸就是一個賭鬼，你咁毋知？」時雨的後媽插著腰也隨後跟出來喊道。看來他們大人也打架了。

我和時雨跑了很遠才停住，他回頭望向家門，又看看我，一時不知怎麼辦。

「去阮家待會吧，你猶未呷飯吧？」我心想：這兩個男生真是同病相憐，俊彥沒飯吃，時雨也沒飯吃。

回家看媽媽在床上呢。

「阿母，阿母，閣有飯無？」我小心翼翼的問，媽媽一眼看到了低著頭跟進來的時雨。

「閣有一塊麵包，妳去拿出來。」媽媽說。我把一塊麵包遞給了時雨。

麵包是爸爸發的，每次我們都一人一小塊，可好吃了。有一次二姐安小西自己的吃完了，非要咬我的一口，結果她太著急了，咬到我的手。媽媽還把她訓了一頓。

時雨知道麵包珍貴，他一點一點咀嚼著。時雨家裡的事，媽媽大概都知道。

我望向媽媽，她搖搖頭，沒說話。我知道媽媽去過一次，可是說不過時雨的後媽，那是她談判生涯裡少有的失敗。

「阮學生給老師管，大人也總該有人管的吧？」我不死心，又問媽媽。

「按怎管？咱這大小代誌攏給公所的管，伊也毋愛管。閣再講，公所的管了也就幾天，閣袂使天天來看，咱這裡冤家相拍的人家太多了。」媽媽嘆氣道。

人都有個組織呀，我怎麼沒想到呢，公所就是組織。

時雨坐了一會兒，就要走，我也沒留他。我心裡有事，還有點盼望他快走呢。

我看天還沒黑，就偷偷去找公所阿姨。

我裝著出去喝水，在水缸裡舀了水，喝出聲來，再輕輕放下，然後悄悄出了家門。

在去公所阿姨家裡的路上，我發現自己最初的想法有點不妥，我原來想要解決的是後媽的問題，現在看來不單是後媽的事，親爸也有問題了。

時雨的爸爸需要戒賭，俊彥的爸爸需要和俊彥的親媽斷絕聯絡。

這匯報得重新思考。公所阿姨家的門是雙開的，我一看這樣的門就喜歡。我覺得這是豪華的象徵，我喜歡雙手推門，再看著它們一起分向兩邊。

門開了，阿姨正在餵豬。她看到我有點吃驚，但很快就變得熱情起來。

「阿姨好，我叫安格。」我一下子沒想好怎麼說，決定先介紹自己吧。

「安格呀，我會記得妳的。」她放下手裡的餵豬工具，忙讓我進屋。

「妳找我有啥代誌？講吧。」阿姨拉我坐在床邊。我結結巴巴說了一下，大意是說老師要求我們做班長的要關心同學，要懂得幫助別人，我覺得時雨和俊彥的課業已經受到了影響，這是下一代的大事，他倆的後媽和親爸……

她一直聽我講話，我講完了，她歉意的說：「時雨伊後母呀，那是個不講理的人，誰跟伊講道理，伊就跟誰罵去。妳聽伊講的什麼話，『若是妳家後生這樣，妳咁會毋給伊打毋給伊罵？妳若是歡喜全部領去妳家。』」

沒人願意領養她家的孩子，那五個男孩子，一床堆得滿滿的，個個都那麼能吃，沒事就打架。從未有過安靜的時候。

有一天老五在鄰居家住的，一大早，他從外面搖搖晃晃的回來，進屋後，他媽媽就責怪他，問他一大早出去做什麼了。

之後她才想起來，老五那樣子，不像是早起的人。這才忽然明白，他昨天夜裡沒在家裡睡。

「妳趕緊轉去吧，厝內的小代誌也是大代誌，我會給他講的，天快黑了。」阿姨把我送出來好遠。

我高興得往家跑，回家後，發現媽媽正鋪被褥呢，就上床放心睡覺了，我心想：公所阿姨一定有辦法。

不知道阿姨想了什麼辦法，他們兩家真的安定了一段時間。

時雨知道我去找公所阿姨了，他對我說：「以後莫閣這樣做，萬一別人打擊報復欲按怎？妳只是一個查某囡仔呢。」

可我看他的樣子還是很開心的。但是，媽媽不開心了。

二姐也責怪我：「妳要尊重別人的生活，別人厝內的代誌免妳管。」

「猶毋過阮老師講過，有什麼代誌攏會使找他，為什麼在厝內發生的代誌，找阿姨就毋對呢？」

公所阿姨寫了表揚信給我們學校，但不是說這件事，而是表揚我關心鄰居，表揚我和同學把鄰居菜園的柵欄修好了。可其實那事是時雨做的，他跟阿姨說是我做的。

老師拿著表揚信進屋了，他高興的說：「這是我們班收到的第一封表揚信，我們一定要珍惜。大家要向安格學習，她不僅功課好，還知道關心別人，是個心地善良的好學生。」

我得到了表揚信

我看到老師把表揚信折好放回書裡，老師說要好好保存。

麗霞和葉香都跑來問我，說當時做好事時為什麼不叫上她們呢？她們也想有表揚信。

「我也毋知有表揚信呀，當時我驚阿母給我罵，攏無跟伊講，偷偷去的。」我小聲對她們說。

很久以後，我才知表揚我的原因，是說我幫鄰居修了柵欄。

我心裡不舒服了好久。

「這叫無心插柳柳成蔭。」二姐安小西聽我們說話時，插了一句。我知道她這是表揚我，是好話。我就高興了。

我幫媽媽挑黃豆，媽媽把爸爸和姐姐們撿回來的黃豆挑乾淨，然後磨成粉，再和玉米粉放一起做成大餅，這樣就好吃多了。我想起媽媽晚上做的蔥花大餅，去廚房找了一個出來，掰開兩半，遞給麗霞和葉香。

「我阿母新做的，特別好呷，恁兩個呷看看。」

麗霞拿過來咬了一大口，說：「好呷，按怎做的？」

「妳仔細看。」我用手指著大餅表面。她經我這樣一提示，就細細看了一下。

「加了蔥花。」麗霞大聲說。

「還有鹹淡。」葉香興奮的說。

「對，我阿母放了蔥花，還加了一點鹽。」葉香吃得很慢，連連說好吃。

「恁兩個功課咁寫完了？」我問。

「無寫，生一天氣了。」麗霞又咬一口說。

「是按怎？」我不解的問。最近我心情很好，老師說我責任感強，遇事會思考，讓我當小組長。我們小組有十人，就是說我現在管十個人了。

每天上課前，我就把小組的作業收上來。放學前，再發給他們。寫字認真的，就在全小組互相傳閱。

我非常願意跑來跑去，為班級做貢獻。

「今仔日是禮拜天，咱出去做好代誌，欲去佗位呢，咱來參詳一下。」麗霞拍拍胸口接著說。

「我來講吧。」葉香急了，麗霞媽說麗霞描述一件事情時，語言表達得不好。

「咱去菜市場吧，妳想呀，菜市場買菜的人多，說不定就碰上需要幫助的人呢……」

「葉香講的對。」我稱讚道。葉香擺手，不讓我插話。

終於等到一個老奶奶了，她買了茄子、小黃瓜，她看還有便宜的馬鈴薯，她也買了。我一看，這麼多，老奶奶一定會累的。

「恁兩個有機會了。」我心裡想：這樣就可以了。

不久之後，兩人氣呼呼的回來了

「有機會也無路用。」麗霞氣呼呼的搶著說。「阮跟阿婆講，欲給伊幫拿菜。伊看了阮一眼，就把菜全部給阮了。」

「猶毋過妳知影無，太生氣了。」葉香剛說到這裡，麗霞又開始搶話。

「閣按怎了，無送到伊厝？」我有些疑問。

「到厝了，毋過伊連門都毋讓阮進，閣催阮講，趕緊轉去吧，莫在街上黑白走……」

「老阿婆不行，伊一定毋識字，親像我阿嬤那年紀會寫幾個字的人實在是太少了。」麗霞拍拍手裡的大餅屑屑說。

我又想到外婆，於是安慰她們。

「我有想到這點，我原來的打算是，送到伊厝，他厝內一定有人呀，看到阮送他家的老人回來，一定會替阮寫表揚信呀。誰知阿婆連門攏毋讓阮進。」葉香解釋道。

看她倆傷心的樣子，我向她們保證，我再想想，一定有機會做好事的。

班上陸續有了第二封、第三封……第三十封表揚信。老師的抽屜裡裝滿了表揚信。

藍天白雲好時光

這幾天晨會時，大家可興奮了，都等著聽校長讀表揚信。

她倆一有空就上大街找好事做，有時看到老太太一個人過馬路，就和好幾個人去搶。她們還知道有人撿到錢交給老師或者警察，可是她倆一分錢也沒撿到。

後來聽說有的同學跟家長要錢，然後說是自己撿的，交給警察叔叔，警察叔叔會寫表揚信，可是她倆不敢跟家裡要錢。

葉香的家教嚴，麗霞家裡沒有錢，她媽媽說錢都留給她哥治病。

我們還盼著快點到月初，每到月初，家家就開始收煤了。

送煤的是馬車，我們一看到裝滿煤的馬車過來，就在家門口等著。馬車老闆一家家卸下來，我們就開始往煤棚子裡送。

自己家的煤收完了，就去幫別人家收拾。我們還學會做煤坯。煤末積攢多了，加點黃泥，和好後，就放在長方形的煤坯框裡固定，出來的就是方形的，這樣好存放。

可這兩樣事，誰家也沒有呀，離月初還得半個月呢。我還有個擔心的事，幫認識的人家收煤，也怕人家不幫忙寫表揚信，更怕我們的爸爸媽媽知道我們要表揚信後，會罵我們。

我正胡思亂想的時候，葉香跑進院子了。

「按怎，妳走啥？」葉香不說話，推開我往屋裡鑽。

「有人給妳追？」我反應過來了，朝她後面看去。一個胖女人隨後進來：「妳是這家的囡仔？我有話欲講。」她不客氣的跟進屋來，坐在我家床上。我忙把葉香拉到我身邊，把她和胖女人隔開。

我媽還愣著呢，那女人就開始說：「我後生自己會畫，伊非要上前鬥畫，這講大了是弄虛作假，講小了就是——妳是在家婆啥。」那胖女人指著葉香，說得口沫橫飛。

媽媽疑惑的看著我們，可我明白了，是葉香幫倒忙了。

葉香會畫畫，她畫的小兔子、大樹、茶杯，可謂栩栩如生。我們上美術課的時候，都排隊等著她幫畫我們畫，這樣我們都能得高分。

媽媽問了葉香，才明白事情的原委。

剛才她在後條街走時，看到有一個小男孩在畫畫，畫的茶杯沒有形狀，圓弧也畫得不像，她就上前指點了一下。

那小男孩說：「妳會呀，妳會，妳畫一個給我看看。」

葉香說：「我會，毋過我袂使白畫，我想欲表揚信。」

男孩說：「表揚信？表揚信無啥，我阿爸會寫。我阿爸在公司常常寫。」

葉香很認真的幫他畫了一個茶杯。葉香畫的茶杯，中間的圓弧畫得可圓了，真像茶杯，這次她還在茶杯上畫了一對小兔子。

那小男孩看了，非常高興，就找他爸爸幫忙寫表揚信。

不料他媽媽正在跟他爸爸打架，說他爸開會時跟一個女人走得太近。他爸想逃出來，正愁沒機會呢，一聽兒子讓他寫表揚信，立刻往外跑。

他媽媽追出來，一看葉香長得漂漂亮亮的，更生氣了，批評她弄虛作假，說要告訴我們老師，嚇得葉香拔腿就跑。

她不敢往家跑，結果就跑來我家了。我媽向人家賠罪，那胖女人知道葉香不是我們家孩子，嘮叨兩句走了。

我看向葉香，心想一定要想辦法幫她的忙，不然她會急死的。

葉香傷心的回家了，時雨跑來說：「我跟妳講一個好消息，阮家欲開煎餅攤了，以後我偷一些給妳呷。」想起煎餅的滋味，我倆一時高興起來。

「安格，我看阮班學生攏佮意畫這個，我畫給妳。」他拿過我的手，就在我手腕上開始畫。

一會兒工夫，我就看出來了，這是手錶。我家裡只有爸爸有手錶，因為媽媽喜歡。但爸爸在井下工作，很少戴。只有逢年過節串門時，爸爸才戴上。

時雨畫了手錶給我，我有手錶了，我要告訴她倆。

全班同學都有手錶了

一個圓錶盤，兩條長線圍著手臂過來，它代表錶帶。錶盤中間，畫了十二個短線，中間有一個圓點。從圓點分出去的兩條線，代表分針、時針。

我覺得麗霞會喜歡。我小心翼翼的保護手腕上的手錶，就怕一不小心把上面的墨水弄不見了。走出家門，我把右手舉著，平放著，想保持原樣，走到了麗霞家裡。麗霞的哥哥在吃飯，他的臉很蒼白，臉上看不到血絲，有點發胖。

我每次看到他，心裡都有點害怕，就想著麗霞媽媽的話：他不會活太久。

我離他遠遠的，跟麗霞說：「妳看，妳看我的手。」

她抓過我伸出的手臂，高興的說：「啊，這是一只手錶呀，妳去佗位找來的？毋對，誰給妳畫的？跟真錶同款同款。」她一下子就喜歡上了。

「時雨畫給我的，伊講他班查某囡仔攏有畫。對了，伊講他家欲開煎餅攤了。」

「哎呀，太好了，咱無代誌也去看看。」麗霞一聽就高興了。

我們平時吃的就是大餅、饅頭。煎餅薄薄的，可以放上大蔥、大醬，捲起來，可好吃了。我們很少能吃到，做煎餅要花不少成本的。

「我也欲畫，妳幫我畫。」說完了煎餅，我們又想到手錶，麗霞伸出手臂來。

「我就知影妳會佮意。」我高興的說。

「完了，我、我無鋼筆。」我這才想起來，我沒有鋼筆。我們用鉛筆寫字呢。

「那欲按怎？咁袂行畫？鉛筆也袂行？啊，真的袂行。」麗霞說。

「走，咱去葉香家，伊阿兄一定有。」我一下子想到了葉香。從麗霞家去葉香家，比去我家近，再說我也不想跟安小西借，她肯定不借給我。

葉香的哥哥早就用鋼筆了。

「有鋼筆真好，可以多畫幾只手錶。」平時我們看到有人在上衣口袋裡插著鋼筆，就覺得很好看。有的還插兩支呢，可我們還沒用鋼筆呢。

我拉著麗霞往外走，她媽媽走進來：「這麼晚了，恁欲去佗位？」

「阮等下就轉來。」我馬上說。

「天快黑了，袂使走太遠，較早轉來呀。」我們答應著，就快快往葉香家走。出門後，幾步就到葉香家。

葉香家靜悄悄的，我們走到廚房，也沒聽到一點動靜，就趴在門上的玻璃上看，發現她家竟然沒人，葉香一個人在鏡子前鼓搗什麼呢。我示意麗霞不要出聲，輕輕推門進去了。

葉香用髮夾把瀏海一下一下捲起來，捲得沒有頭髮了，就用另一個髮夾別上，然後坐在那裡用手按著。

她在鏡子裡看到我們了。

「怎麼毋講話呢，驚我一下。」她一邊說，突然想起什麼似的，就往下拉了拉髮夾。

「哎，莫拉了，阮攏看到了。」我們三個坐在那裡等了一會兒，葉香才把髮夾拿下來，我看到了彎彎的瀏海，可真好看。

「還有髮夾無？也幫我弄一下。」麗霞說。葉香在抽屜裡翻了一會兒，找出兩個。

她幫麗霞捲了起來，麗霞的髮絲有點硬，不太好捲，她也讓麗霞自己用手按著。

我不想弄，怕媽媽唸我。可她倆都說好看，一定要我弄。葉香也幫我把瀏海捲好，我也用手按著。

葉香一眼看到我手上的錶，她驚訝的說：「畫的手錶？」

「是呀，是呀。咁有好看？」我和麗霞才想起我們來的目的。

葉香說：「麗霞，我幫妳畫一個。」她說完後才發現，她也沒有鋼筆。

我們正煩惱著，她爸爸媽媽帶著弟弟回來了，我倆馬上準備回家。

麗霞的手錶沒畫成，我告訴她不要急，明天早上我偷偷拿安小西的鋼筆來。

第二天早上，趁安小西未起床，我把她的鋼筆拿出來，去找麗霞。

我替她畫了一只手錶，她非要畫兩只。我在她另一隻手腕也畫了一只，發現兩只更好看，就替自己的左腕也畫了一只。

藍天白雲好時光

葉香看我倆有手錶，她也幫自己畫了兩只。葉香會畫畫，她畫得比我們畫得好看。

我們三人舉著兩隻手，去了學校。

我們一進教室，全班同學都看向我們，我們忙了一早上，比平時晚進教室。

想著我們頂著捲捲的瀏海，手腕還戴著「手錶」，別提多得意了。

老師進來了，他在我們三個人的頭上看了一下，就開始講課。

下課後，我們三人開始教全班同學畫手錶。葉香又開始忙了起來，她會畫畫，同學都等著她畫。副班長說他有油筆，用油筆畫更好看，還是紅色的。

全班就副班長的手錶是兩種顏色，確實最好看。副班長的油筆被大家搶來搶去的。

那節音樂課，大家都沒上好，老師教我們唱，我們就小聲說手錶的事，反正老師也聽不到。

放學前，老師把我們三人訓了一頓。

「明天上學，都得把頭髮給我弄直，小小年紀，不要弄成這樣子，不好看。」

我們三人無精打采的回家了，我看到二姐，突然想到早上把她的鋼筆拿走了。

可看她的樣子，不像發現了，因為她沒問我。二姐吃完飯就走了，我看她有點沉默，不知為什麼，我覺得她有心事。

中午我在家弄我的頭髮，別提多難弄了，那彎彎的瀏海也弄不回來呀，我洗了幾次還是那樣，我只好一直往下拉。邊拉邊想：安小西怎麼了？

安小西的夢想

安小西一直沒有找鋼筆，她的樣子也是懶懶的，不像平時那麼愛說話。大姐安小南參加完學校活動回來，問我：「妳二姐發生什麼代誌了？」

「我毋知影，妳問伊吧。」我可不敢問，就想著怎麼偷偷的把鋼筆還回去。

大姐搖頭。大姐平常很忙的，她讀商科，正在實習階段，一會兒去商店幫忙賣貨，一會兒去開會，回來傳達指示。春秋兩季的運動會，她還要去比賽。沒有空閒的時候。媽媽覺得她太浪費時間了，有那時間不如好好讀書。可大姐是年級代表，學校有什麼活動，都少不了她。

睡覺前，我打算把安小西的鋼筆偷偷送回去，可被她發現了。我剛要道歉，可我發現安小西哭了。

在我看來，全家最堅強的人就是安小西了。她是那種特別出色的人，好像什麼事都難不倒她。臨危不亂，思考一會兒就能想出解決辦法。

「二姐，妳是按怎？」

我媽不打孩子也不罵孩子，我爸更是，他們都說做我們家的孩子最幸福了。那二姐一定是在學校出了什麼事？

二姐搖頭，不說話。

我只好哄她：「二姐，妳講出來，看我咁會當給妳鬥相共呀？」

二姐看了我一眼說：「妳是會當鬥相共啥，去旁邊玩吧。」我偷拿了她的鋼筆，她也沒罵我。我把鋼筆放了回去，我不想馬上離開，就纏著她問。

二姐前段時間參加學校的數學競賽，得了全校第一名。

那可是全校呀，媽媽高興極了。

「對了，二姐，決賽咁開始了？」我突然想起來，她那是初賽，決賽選上後，才能去礦裡參加比賽。

二姐一聽我說比賽的事，就抽抽答答哭起來了。

我嚇了一跳，心裡想：真的是比賽的事，就是說，她比賽輸了，沒選上。

二姐不說話，就哭。我越想越覺得對，便說：「二姐，妳決賽失敗了，無被選上？」

她還是搖頭。我鬆了一口氣，那就是說選上了。選上了還哭什麼呀，我不解的看向二姐。

「第三，閣是並列。」她終於說話了。

「可以參加全礦比賽了，妳是在哭啥？」我知道學校前五名都有資格去礦裡參加決賽。

二姐一聽我的話，又哭了。我不解，也不敢再說話，就怕說錯，只坐著陪著她。看她哭。

「阿母講，若是決賽閣會使得第一名，就給我十塊。」我明白了，二姐得了第三名，還是並列，這十塊錢她得不到了。

「二姐，以後閣有機會的。」我勸她。

「妳毋知影，安格。我……」

「二姐，妳無給我講，我袂按怎知影呢？妳講我毋就知了？」

二姐說她要是有十塊錢，就可以去臺南看看。她們班有個同學的阿姨家在臺南，那個同學約二姐去臺南玩幾天。可二姐沒錢。

她沒得第一名，媽媽沒給她錢。她沒有錢，就無法去臺南。

「妳毋懂，臺南是大城市，阮老師常常講，親像我跟大姐這麼好讀冊的人，若是在臺南大漢，會更有發展的，我想欲去臺南看看。」

臺南離我們這裡五十九公里，可在我看來，那是好遠的距離。

「那妳跟阿母拜託一下，講以後補上。」我又想出了主意。

她搖頭，她說：「昨暝偷聽阿爸阿母講話了，阿母的病礦裡醫院看袂好，阿爸叫阿母去臺南，猶毋過阿母毋甘錢。我哪有可能講要錢去臺南旅遊呢。」

是呀，我家沒錢，媽媽都捨不得花錢看病。去臺南是安小西的夢想，她的夢想和將來連在一起。至少，她想看看臺南，看看臺南的樣子，好像臺南就是理想的樣子。

「咱無法度生在臺南呀。」我也憂傷起來。

「我知影，就是有點不甘心，臺南是別人的故鄉。」安小西又感慨道。

不只是臺南啊，大城市都是理想的地方。在這個小小的鎮上，人們對大城市來的人都充滿羨慕呢。

我只知自己有夢想，不知道安小西也有夢想，她要去遠方看看。我們的夢想都在遠方。

我一時也為自己難過起來。我倆都不說話了，就坐在那裡難過。

「二姐，咱自己來賺這十塊錢。」我突然想到什麼，堅定的說。

「自己賺？」二姐淚眼望向我。

十塊錢行動

我立刻和葉香、麗霞說了二姐的想法，我們要想辦法幫她賺到十塊錢。接著我又強調了一下，說我們這是助人為樂，算是做好事，安小西會幫我們寫表揚信的。

「我阿母在磚廠推水坯，會賺錢，毋過那裡囝仔郎袂使去。」麗霞說。

「賣菜也不要囝仔郎。」葉香說，她媽媽要去賣菜，她爸不同意，擔心她媽媽的身體。

「哎，咱會使賣枝仔冰，這毋是給別人鬥相共，是自己欲賣的。」葉香說。

「嗯，會使賣枝仔冰。」麗霞也同意，她妹妹一看賣枝仔冰的就想要，不給就哇哇大哭。

「也袂使呀，賣枝仔冰，咱也無錢呀。那得咱先花錢買來，才會使拿去賣。」我高興了一秒鐘，就想到了這個問題。

「看來只能撿垃圾去了。」麗霞嘆氣說道。

「這個好，毋需要本錢。」葉香馬上說。

「啊，妳是講真的呀？」麗霞只是無意一說。

「對，咱會使撿垃圾賣。」我也覺得這是個好主意。

她倆都看了我一下，同聲說：「有影無？」

麗霞又說：「咱欲撿什麼賣呀？也毋知怹收啥。」

「咱去廢品收購站看看毋就知影了？」我馬上興奮起來。

「閣再講，咱無應該驚骿，這是為理想而奮鬥。」我又加了一句。

回家之後，我把我們的想法告訴了安小西，她可高興了，也要加入，她說這是她的事。

我們幾個人找了離我家最近的一處廢品收購站。到了收購站，我們探探頭，沒看見人，就推開門往裡走。唉，裡面的氣味真難聞，東西堆得亂糟糟的。葉香就要往後退，我拉著她，不讓她離開。

這時有人從裡屋出來，問：「恁欲賣啥？」

我們不敢說，迅速往四下看，我死死記住看到的東西：塑膠、鋁盆、瓶子。

那人看我們不說話，又發現我們手裡根本沒有東西，就揮手讓我們出去。我們裝作害怕的樣子往外走，心裡暗自竊喜。

回來後，我們開始行動。

撿破爛也不好撿，三天過去了，我們撿到了兩塊鐵，三塊塑膠、一個鋁盆和五個瓶子。賣了兩塊錢。

我們手裡握著兩塊錢看來看去的，這離十塊錢還差了整整八塊呢。八塊錢，上哪裡找呢？二姐把這兩塊錢用小紙包著，放在一個新鉛筆盒裡。麗霞媽媽不讓她撿破爛，說容易碰上壞人。葉香也覺得撿破爛遙遙無期。

我只好再想辦法，我問安小西：「二姐，若是撿無東西換錢，咱也會使賣東西，妳看咱有什麼東西是會當賣錢的？」

「賣的東西必須是新的東西，咱無呀。」安小西陷入了焦慮。

對呀，賣的東西只能是新的。可賣什麼呢？家裡的東西肯定不能賣。自己也沒有新東西。

安小西想了一下，她找出一個鉛筆盒，就是放錢的那個。

那個鉛筆盒是她們幾個同學幫學校洗運動服，學校給她們的獎品。鉛筆盒是那種軟軟的，不是鐵的，應該貴一點。

二姐說她就這一個新東西，可是賣給誰呢？我們又坐下商量，買東西的人肯定是缺這個東西的，可是八塊錢還是很多的，買的人還得是有錢的。這兩個條件一個也不能少。

她說她班上有錢的同學不多。我說我們班的有錢人也不知道多不多。我坐在那裡拚命想呀想呀。

「阮副班長怹家有錢，伊阿母是醫生，聽人講閣是主任。伊阿爸在政府部門工作，也是做官的。伊閣有油筆。」我一下子站了起來。

「恁副班長？」

「對，他家有錢，伊早餐閣常常呷蛋，呷得牙齒攏是蛋黃。」我想起了好多事，都能證明副班長家有錢。

我倆都興奮起來，好像已經看到通往臺南的火車票了。

我打算把鉛筆盒賣給他。

可他會不會買呀？怎麼和他說呢？我又坐下來想辦法。

一會兒，我就想出好點子了。

我心想：找葉香，他倆同桌，一起當過幹部，副班長還常常幫葉香的忙。

我和葉香說了這事，葉香一聽我說副班長和她關係不錯，她就有熱情了。她說她一定辦好這件事，八塊錢，副班長肯定有。

不知葉香怎麼和副班長說的，第二天，她交給我十塊錢。副班長還告訴我不用找了，把鉛筆盒帶來就行。我一高興，下課時就跑回家了，拿來鉛筆盒就讓她交給副班長。

我手捂著這十塊錢，心裡樂開了花。心想放學回家就交給安小西，她一定很高興，她的夢想就要實現了。

放學前，我們正要回家，可老師喊了我一下，讓我去他辦公室等他。老師一見我就笑了。

「老師，怎麼了？」我一看老師笑了，更緊張了。

「安格，妳讓我哭笑不得。」老師又在笑。

我看了看四周，一眼看到了二姐安小西的鉛筆盒，我緊緊捂著口袋裡的十塊錢。

「安格，說吧，妳怎麼賣起鉛筆盒了？」

「怎麼了？賣貴了？」我緊張的看著老師。

「嗯？」老師一臉茫然的看著我。

「老師，是班長不要我找錢的，我只想賣給他八塊錢……。」

老師的話讓我更糊塗了，他說：「從頭講，像總結中心思想那樣。」

平時老師讓我們總結段落大意和中心思想時，老師說我總結得最好。

我開始講安小西的夢想：安小西數學初賽得全校第一名，媽媽說決賽再得第一名，就給她十塊錢。如果她有這十塊錢，就可以去臺南看看。安小西和安小南在學校競賽都得過第一名，她們學校主任知道她們是姐妹時，就說如果她們姐妹都出生在臺南，會更有發展的。可實際上，她決賽得了第三名，媽媽就沒有給她十塊錢。沒有十塊錢，她就沒有機會去臺南。

後來我們決定自己賺一元錢，可是沒地方賺呀，人家不讓我們上班，我們也沒錢去進貨賣枝仔冰。最後我們決定撿破爛，可三天了，我們撿破爛只賣了兩塊錢，還差八塊錢。葉香和麗霞都不同意去撿了，怕遇到壞人。沒辦法，我們決定賣東西。可我們沒有新東西。我二姐有個鉛筆盒，是新的，是她幫學校洗運動服得的，我們只好賣它了。我認為副班長家最有錢，他有油筆，還在早餐的時候吃蛋了，蛋黃都弄牙齒上了。所以呀，我就拜託葉香，他和葉香是同桌，葉香就答應了，然後他就買了呀……。

我一口氣說下去，不敢停下來，怕老師罵。歐陽老師瞪大眼睛看著我，顯然他沒想到一個鉛筆盒會有這麼多的故事。

「安格，妳，妳還真是個……人才。」老師半天說出了這樣一句話。

「啊？老師不罵我了？」我心想。

他嘆了口氣對我說：「告訴妳二姐，臺灣有臺南，日本有東京，世界有紐約、倫敦……只要她好好讀書，以後她都會有機會去的。」

「臺南，老師答應妳們，一定帶妳們去。」他又說了一句。

我聽不太懂老師的話，只是知道他沒有生我的氣。我又看了一眼鉛筆盒，他送到我手裡，並伸手。

我知道他是跟我要錢，我只好拿出那十塊錢。

老師擺擺手，讓我走，我回頭看著那十塊錢。就看老師拿出一本書，把錢壓在下面。我真捨不得那十塊錢呀。

事情壞在副班長身上，他一大早就把媽媽的錢包拿出來，取出十塊錢，說交班費。他還寫了一張紙條給媽媽。

他媽媽到公司後才看到，快下班的時候就來學校問一下。平時我們班費只要一塊兩塊的，班費從來沒有超過五塊錢的時候。結果老師把副班長叫來了，副班長說我賣給他鉛筆盒了。

我把老師的話告訴她了，安小西說，她也想去遠方看看，她要靠自己……她還說謝謝我……

「謝我啥？」

鉛筆盒也沒賣出去，十塊錢又讓人家要回去了……沒賺到錢，她倆又想起表揚信的事。

為了得到表揚信，麗霞和葉香天天來我家，連作業都不想寫了。

週日，我們決定去遠處的一個磚廠為她們表演節目。

這個磚廠要路過一段鐵軌，平時媽媽不讓我們走那麼遠，擔心我們遇上危險。可是我們想做好事，做好事哪有不吃苦的呀，這樣一想，我們就覺得沒有困難了。和她倆商量了，她倆想的都是表揚信的事，不假思索就同意了。

我們之所以選擇去磚廠表演節目，主要是因為在磚廠工作的都是女人。

藍天白雲好時光

天氣有點熱，磚廠更熱。剛出來幾車磚，她們剛剛卸完，坐了下來。

我們說明了來意，她們可高興了，重新坐好，圍成一個圈，把我們三人圍進了中間，她們在外面看著我們。

葉香落落大方的站在場中央，擔任司儀的角色說：「我們要表演的第一個節目是女生獨唱，演唱者葉香，歌曲的名字叫〈小城故事〉……」葉香的花裙子在風中吹著，看上去像一堆花在飛揚，很美。

我跳起了舞，麗霞和葉香在下面替我伴唱……表演完後，磚廠的女工負責人拿出汽水給我們喝。

我們喝完後，就看著她們。

等呀等呀，也沒人提表揚信的事，我們三人只好又跳了一個舞蹈。可還是沒人提表揚信的事。麗霞忍不住了，問：「恁咁有佮意？」

「佮意呀，唱得真好聽。」女工們說。

「那按呢恁為什麼不給阮呵咾一下？」我問。

「對呀，恁給阮呵咾，免給阮喝汽水。」葉香接著說。

「那恁欲喝啥？」管事的婦女問。

「替阮寫一封表揚信。」我小聲說。

「我知影表揚信的代誌，我查某囝出去給別人鬥相共，人家就寫了一封，交給老師了，聽講學校給伊呵咾了。」有個婦女大聲說。

「對，對，就是按呢的。」我們三個馬上應聲道。

「毋過我袂會寫字呀。」那個管事的婦女為難的說。

逐一問過後，她們這些人都不會寫字。我們的情緒瞬間低落下來。

那管事的婦女說：「無要緊，雖然阮袂會寫字，猶毋過阮會講話呀。恁給阮講恁是哪一間學校的，哪一個班級的，叫什麼名字就會行了。」

我們一聽又高興起來，心想：她可真聰明，要是會寫字，那就更了不起了。

怕她記不住，我們告訴了好幾次。

還是葉香思緒縝密，她偷偷和我們說：「按呢也無保險，萬一您袂記得了呢？」

「按呢欲按怎？無讀冊實在有夠麻煩的。」麗霞發表感想。

葉香拿出筆，把我們三個人的名字寫在紙上，交給她們。

第二天，我們可急著參加晨會了，校長講話後，我們就認真聽著，生怕錯過一個字。校長開始讀表揚信了，一會兒，我們終於聽到了自己的名字。

班上的表揚信越來越多了，老師的抽屜都裝不下了。我們班成了學校的優秀班級。

再後來，我們老師說有的同學幫人家做完事情，就在那裡等著要表揚信，這樣不好。

我擔心老師是說我們，偷偷問其他同學，結果發現他們都是這樣的，做完事，在那裡要求人家寫表揚信。

學校收的表揚信太多了，校長唸不完，索性就不唸了，晨會結束就讓大家回去上課了。

童年

用功讀書好榜樣

菜湯

我童年時的秋天，總是和野外有關。秋天也標誌著我們的成長，因為每個秋天都是我們成長一年的痕跡。

每學期開學，都有秋收活動。

秋天不冷不熱，這是我們對秋天的理解。不冷不熱的季節，更適合去大自然徜徉，我們喜歡秋天一望無際的原野。

這天上完間操後，校長說：「學校今年舉辦的秋收活動，三年級是幫助農夫伯伯把遺落在地上的玉米撿起來，要撿乾淨，不要糟蹋農夫伯伯的成果……。」

我喜歡參加這樣的活動，這個任務很輕鬆，在野外的時候，我們發現故鄉是那樣的美。

在遼闊的大地上，我們看到故鄉被一群山峰圍繞。四周有茂盛的老楊樹，彎彎的柳樹，還有長著榆樹種子的老榆樹。山的盡頭是一堆雲彩，好像站上去就可以搆到似的。莊稼地裡一排排高揚的植物有黃黃的果實，再遠處是黛綠的群山。

這時我們會用拇指和食指做成望遠鏡的樣子，望向遠方，大家都喊道：太美啦！

用功讀書好榜樣

經過煤礦的鐵路是我們最愛看的風景。它承載了我們無數美好的夢想，它把我們的思緒帶到很遠很遠的地方。

我曾幻想著火車會帶我們到一個我們從來不曾見過的世界……我常常想，那火車是通往遠方的標誌，是我們看世界最寶貴的工具。看它們向兩邊延伸，我想像那世界的綿長和偉大。

「務農人家的孩子三年級就要下田工作了，同學們要認真做事，為農民的秋收做貢獻。」老師說道。

三年級大的孩子就要下田工作了？唉，長在農村真不容易。我同情我阿姨家的哥哥姐姐們，心想：要是他們再來，我一定好好對待他們。

第二天，我們按規定早早來到操場上，老師叮囑我們要穿適合農務的衣服，誰都不許穿好衣服。

同學們都穿哥哥姐姐的舊衣服，遠遠望去，一點也不像學生。

大家你看我，我看你，都笑彎了腰。

「你若是有鬍子，就直接做阿公了。」

「妳若是有白髮，就直接做阿嬤了。」同學們小聲說笑著。

校長講完注意事項，我們便以各班為單位浩浩蕩蕩的出發了。每個班都和鄰班對歌。我們在興奮中，一下子就走到了目的地。

童年

村長從一個大大的院子裡走出來，他把我們領到玉米田。一大片玉米田，遠遠望過去，好像望不到彼端。玉米東倒西歪的，上面只看到玉米葉子。

明白任務後，我們都來到田壟裡，像偵察員一樣，把田裡的玉米翻騰起來，一點點翻騰、搜索、尋找，期望找到掉在地上的玉米。

「哎呀，我找到一個了。」

「啊，我這裡也有一個。」

「唉，半天了，什麼攏無。」這樣的聲音此起彼伏。

偶爾發現一個，我們就很高興。兩人一壟，一個拿袋子，一個往裡頭裝玉米。我發現了一小堆玉米，肯定是他們當時裝車時遺落的，不由得喊起來。

大家聽到我的喊聲，紛紛跑過來。當他們看到這麼多的玉米，驚喜的上來搶。

我在茂密的玉米田裡感覺這一壟好長好長，期望再找到成堆的玉米。可是再也沒找到，只有零星的一小截一小截的玉米。

風有點硬，刮過來有些涼意。可我們還是很高興，大家往袋裡裝玉米，只可惜撿到的太少了。

我們小組撿到的最多，因為我發現了一小堆玉米。老師過來表揚我們，老師說：「只有團結了，才能步調一致，才能取得勝利。安格的發現，為我們創造了好成績……。」

老師說來幫忙農務有包午飯，我們就特別期待，盼望著中午到來，想知道他們會為我們準備什麼樣的飯菜。

終於到吃飯的時間了，同學們三三兩兩跑過來排隊。我們手裡高高舉著碗，等著老師替大家盛菜。

第一次在外面吃飯，大家都覺得很好玩，嘰嘰喳喳著往前擠。用工作換來了糧食，我們覺得自己很了不起。

這裡很大很大，放眼望去，地上有成堆的玉米，還有馬廄。

同學都樂呵呵的往前走。到了跟前，我們發現有兩個大鍋，那鍋是我們從來沒見過的大。裡面全是湯，老師說湯是蘿蔔湯，看起來很稀。裡面的蘿蔔塊，大小不等。那麼一個大鍋，看不到底呀。

接著發點心，有的同學拿到饅頭，有的拿到麵包。麵包和饅頭可以互相交換著吃，大家都很開心。

領完餐點後，就離開，自己找地方吃。

輪到葉香了，她端著碗，對打湯的老師說：「老師，我只要吃蘿蔔，不要湯。」

那個老師的手抖了一下，愣了一會兒。她抬頭看了葉香一眼，沒說話。其他同學也愣了一下，看向葉香。我也看了一眼，我不知為什麼看，但顯然，是感覺到葉香的要求不合時宜。

那個老師還是和平時一樣，幫她打了一碗。葉香沒留意大家的目光，她拿著碗就到一旁吃。我以為這只是一個小插曲，過去就過去了，沒想到一瞬間的事，被無限擴大了，給葉香帶來了無窮的煩惱。

回到學校的時候，老師讓同學叫葉香，那個同學說：「袂喝湯的，老師叫妳去。」「袂喝湯的，妳的作業。」這四個字成了葉香的外號，大家一有機會就說。

葉香奇怪的看著大家。葉香哭了，無法訴說的委屈。她不來上學了。我們去找她，她說什麼也不出門。老師讓我去葉香家看看，然後告訴他葉香這兩天沒上學的原因。我領了任務。

「恁是按怎欲按呢講葉香？」我找那幾個話多的同學問。

「伊想法毋好，她喝湯只想著呷料。」有個同學說。

「你就很佮意喝湯？」我又問。

「我、我是講伊只想著呷料。」

「伊想欲呷料有什麼毋著？」我大聲問她們。

是呀，大家也不知道她有什麼錯，就覺得只想吃料不對了。

「伊想法就是毋好，阮攏無講自己只想欲料。伊無法度呷苦。」有人又大聲說。

我匯報給老師葉香不上學的原因。老師對大家說：「不許嘲笑同學，她沒錯。她只是說了真心話。」

秋收一年一次，其實學校安排我們小孩子的工作都是可有可無、可做可不做的，大家都是吃這樣的清湯。只是葉香的真話，傷到了她自己。

烏米和陀螺

葉香心情不好，悶在家裡不出來。我只好去她家找她玩。

阿姨家的哥哥來賣菜，外婆讓他帶來烏米和玉米。烏米長在高粱稈上，據說這是一種病，才長成了烏米。其實一想，我們吃的還是高粱呀。

外婆知道我喜歡吃烏米，這不，阿姨家的哥哥一來，她就讓他替我帶來一些。

我挑了四個好看一點的，決定先送去給葉香，她在基隆長大，不知道有沒有吃過。

我走出家門，看向我們的左鄰右舍，房子的高度一樣，房子裡發生的故事也差不多，但我總感覺，葉香家有和我們不一樣的東西。

我望向她家的煙囪，煙越來越小，那就是快做好飯了。我快步朝她家走去，果然我一進大門就聞到了魚味。

葉香的爸爸在一旁看報紙，葉香的媽媽在廚房盛魚。

葉香正在畫畫，她指給我看，說：「從咱這裡看，醬油坊、商店、俱樂部是在一條分隔號上；餐廳、菜市場是在一條橫線上；煤機廠、機電科又是在一條橫線上……就按呢由一條條橫線、一條條分隔號構成，連接起來，就是地圖。我阿爸講，伊有時間就陪

用功讀書好榜樣

我做伙觀察，然後畫成完整的地圖。」

我趕緊誇她，說她有個最偉大的理想。

「有地圖，妳就袂閣走散了。」葉香笑著說，她還記得我曾經迷路的事。

我心裡感動，忙把烏米遞給她。葉香接了過去。果然，她看到後說從來沒見過。

我幫她把外面的皮扒了下來，留下裡面黑黑的。她先給弟弟咬了一口，結果滿嘴是黑的，她媽媽嚇了一跳。

我趕緊說：「阿姨，無代誌，阮攏是按呢呷的，好呷，妳免煩惱。」

她媽媽拿過來一咬，笑了，說：「好呷。農村有這麼多好呷的東西呢。」

我們正吃得高興，麗霞也來了。葉香給她一截。

「這叫烏米，現在少了。」以前她常吃，她媽媽娘家的親屬也在附近的農村。

她說農村還有山梨。這時候山梨樹結滿了果實，等我們去山上找，然後放煤棚裡用棉花包著，熟透就好吃了。

她有些炫耀的對葉香說：「妳毋知影，農村好呷的可多了。」

葉香說：「是呀，我原來在基隆，無去過農村。去年端午節，採艾蒿，也好趣味，想袂到山上有那麼多人呢。」葉香高興起來，她一高興，就講了基隆的故事給我們聽。

她媽媽讓我倆也吃點飯，我們都不吃。她家煎魚了，我們不敢吃，怕回家挨罵。她媽媽身體不好，她爸爸買的那兩條小鯽魚，可不夠我們這麼多人吃的。

童年

我告訴麗霞我家還有烏米，讓她去我家。我再送兩個給俊彥。

葉香留在家裡吃飯，我倆跑了出來。

俊彥的陀螺完美收工，他正得意間，卻被學校責備了一頓，當了兩天的小組長也被換下來了。

原因就是他的陀螺。

我們這裡的木頭挺多的，家家都有。但沒有工具把大木頭截斷修圓，不符合做陀螺的要求。

俊彥發現有一個地方剛種不到一年的樹苗粗細正合適，他偷偷把小樹杈折斷去皮，切成段正好是陀螺大小。

他用菜刀修成型，然後用銼刀打，最後用砂紙磨。他的陀螺總是缺底部的鋼珠，巧了，班上有個同學的爸爸是修汽車的，報廢的軸承裡面有珠子，珠子對著尖頭直接砸下去就成了。一個陀螺如此做出來了。太精彩了，他覺得這是他做過最好的陀螺。

可他把人家的樹苗弄壞了，被一狀告到學校，說他破壞公物，學校還讓他媽媽交錢了，說是罰款。

他回家竟然還做了個小鞭子，帶我們玩得很開心。

他媽媽說他真冷靜。

他剛從家裡出來，一看到我便說：「妳看，我買了小刀。」他遞給我，我一看，不大，很輕的。

他四處找木棍之類的東西要試給我看，我趁他找東西的時候，在右手小指上一劃試了一下小刀，啊，流血了……。

我一看到血嚇得哭了起來，他馬上跑過來，問我：「發生什麼代誌？」我的哭聲大了起來，我倆的媽媽都跑出來了。

俊彥手裡接過小刀哄我，我站在那裡推開他，不管不顧的哭。

他爸出來看到我倆，抓他就往家裡拖，邊拖邊罵：「你這個討債的，買這衝啥，你看，你把安格的手劃了。整天弄這破刀，早晚得惹出麻煩來。」

媽媽把我拉回家，說：「無代誌啦，這點小傷，轉去厝內抹一些藥就好了。」

媽媽覺得奇怪，問我：「發生什麼代誌？俊彥是按怎劃到妳的手？」我一下子回過神來，不顧手上的傷，轉身往俊彥家走。

到了俊彥家，我剛想說什麼，俊彥馬上說：「安格，我欲借妳作業，行，去恁家。」

俊彥媽媽不放心，還說：「袂使欺負安格呀。」俊彥答應道，我只好跟著他走了出來。

「讓你被你阿爸打，失禮。」我跟他道歉。

他看看我的手：「閣痛無？」

童年

我搖頭：「害你被打了……」

「無代誌，我是查埔人，閣驚被人打？」他又說這樣的話，我心裡很難過。我知道了，在他家他不讓我說是自己劃的，怕他媽媽怪我。

我在心裡發誓，我要和俊彥做一輩子的好朋友。男生打陀螺，女生跳橡皮筋，長長久久波瀾起伏永伴我們的童年。

撿糞活動

秋天的活動沒有結束，我們學校又有了任務：每個學生交十筐糞。

一二年級時，我們不交，現在上三年級，也開始參加這個活動了，交的多還能評獎呢。

這事讓我們覺得自己都長大了，大到可以參與許多活動了。

葉香問：「咱欲去佗位生出來呀？閣那麼……」我猜她是想說髒，但不敢說。班上有女同學說她像富貴人家的千金小姐，弄得她每次說話時總是思前想後的。

還有，她的成績一直在下滑，我都替她擔心。

麗霞也煩惱了：「欲去佗位找屎呀？全班那麼多人，糞也無夠呀。」

說是說，可我們沒辦法，學校的任務還得去完成。我回家看到二哥，就問他：「恁交屎的時候，你是按怎交的？我攏無看過你去撿屎？」

二哥安小北拍拍我的頭說：「問我衝啥？妳毋是閣有一個阿兄？」我知道他說的是時雨。

「無想欲講就煞煞去。哼。」我氣呼呼的說。

我、葉香和麗霞三個人背著筐，扛著鐵鍬，愁眉苦臉的從家裡出發了。

我們走過的街旁小巷，在我看來，從來沒這樣乾淨過，一坨屎也看不到。

葉香有氣無力的說：「哎呀，欲去佗位撿呀，按怎才會使湊上三十筐呀？」

「三十筐？咁毋是每人十筐？」麗霞聽葉香的話就大聲喊了起來。

「咱三個人呀，一人十筐，三個人咁毋是三十筐？」葉香忙解釋道。

我們在街上到處轉，碰巧看到有小孩在那裡蹲下，就等他拉屎。小孩看到我們手裡的工具就往屋裡跑，進屋喊大人，說我們緊盯著他，不知要做什麼。大人不知道怎麼回事，就出來罵我們。當他們看清我們拿筐又拿鍬的，就建議我們去大道撿。

我們只好往大道上跑。到了大道，我們剛停下來，就駛過來一輛馬車。馬車過後，我們發現地上有一堆糞便，是馬剛剛排出來的，金貴的三小堆。我們就像看到金子一樣，衝上前去，弄到筐裡。這一點收穫讓我們有了經驗：得找有牲口的地方。

不管是狗，是豬還是馬車，我們一個都不放過。撿了三天，也不到一筐。

有時在路上還會碰上別班同學，一輛馬車過去，好幾個人搶馬糞。馬剛拉出來的還稀一點，往往會把鍬弄髒。

二哥安小北說：「就這一點點？按呢什麼時候才會當完成任務？」

他每年都完成任務了，沒注意他在哪裡撿的。我想到他說的話，心想：還得去找時雨想辦法。他回自己的屋去了。二哥的屋子，可不是一般的屋子，它是單間的屋子。媽媽說，兩個姐姐都長大了，大家都在一起住不方便了，就在我家院子裡蓋了個小房子。其實就是把煤棚縮小，又蓋個小屋。那小屋什麼都沒有，只有床。媽媽想來想去，覺得還是讓二哥安小北去住好，因為家裡就他一個男生。

我也喜歡小屋子，我也想去住，但媽媽不准。

安小北經常在裡面招待朋友，顯示他的主權。

二哥提到時雨，讓他幫忙想想撿糞的辦法，我想來想去，也想不出時雨會有什麼更好的辦法。

我心想：他家又沒有馬車，哪來的糞呢。養一頭羊，也不會有多的，他還有四個弟弟需要完成任務呢。

十筐糞的任務呢，怎麼辦？找！我無精打采的往後院走去，望向他家那條街的每一戶牆角，一一看過。可哪有什麼糞便呀，倒是有用鍬鏟過的痕跡，看來已經被清理一遍了。

時雨的家門緊關著，我敲了半天也沒動靜。我只好大聲喊：「時雨，時雨，你咁有在厝？我是安格，我有代誌欲找你。」我可不敢貿然進去裡面，他的後媽和俊彥的後媽一樣，一生氣就往外扔掃帚、扔雞毛撣子。一會兒門開了，他拍拍手後出來了，手上還有麵。

「安格，什麼代誌？」他問。

「我、我……」我猶豫著，不知怎麼開口。

「是按怎?有什麼代誌就講吧。」

「是按呢，」我咳了一下，接著說，「問你一件代誌，今年學校叫咱交屎，我毋知欲去佗位撿那麼多，十筐呢。我二兄講你每年攏交齊了，叫我來問你。」

「啊，這件代誌呀，我知影了，妳先轉去，等下我去找妳。」

他最愛說的話就是「什麼代誌?講，免操煩」。我發現自己對他的依賴更多，二哥安小北天天就是忙，都不知道他忙什麼，讓人一直覺得安小北將來一定能當大官。他不僅有官員的氣勢，還像官員一樣總也沒時間，整天忙東忙西的。

「你咁在煮飯?你阿母呢?」

「伊生病了，我在煮麵給伊呷。」

「你心肝真好，伊對你無好，你閣按呢給伊照顧。」

「袂當怪伊，有伊在，我跟我阿爸閣有厝。伊命也毋好，我阿爸常常賭博。安格，我無妳的福氣，毋過我想欲做點努力。」說完，他轉身回屋了。

我只能選擇相信他，回家去等他。

我記得他說的話，他說他想做點努力。我真希望他的努力能有用呀。

去馬車隊……

兩天過去了，時雨也沒來找我。我一想時雨的媽媽生病了，他可能沒有時間。我不想再去麻煩他了。我們三個湊到一起就唉聲嘆氣，擔心任務無法完成。

「安格，妳咁知影？咱班好多同學攏交屎了。」這天麗霞跑來跟我說。

「交了多少？一笸抑是兩笸？」我著急的問。

「聽講咱副班長攏交完了。」

「無可能，伊是去佗位撿的，咱撿了三四天，也無找到兩笸呀。」我說。

「真的，真的。」麗霞發誓。「咱去找葉香，看伊咁知影副班長去佗位撿的。」我倆奔向葉香家。

「咱去較遠的所在找吧！」葉香也不知道副班長在哪裡撿的。

「較遠我也毋驚，就是毋知影欲去佗位找那麼多，妳想，咱三個人呢，若是自己撿多無意思，若是做伙撿，那就要找屎多的所在呀。」我喜歡熱鬧，不想自己出去撿，那樣太沒意思。

「安格講得對，自己撿太無意思了。」麗霞也說道。

「妳二兄安小北呢？伊應該知吧？」葉香說。

「伊叫我去找時雨，毋過時雨的阿母生病了，我無想欲給伊打擾。」

「對了，妳二姐安小西呢？伊總有辦法吧？」麗霞突然想起了二姐，問我。

「安小西讀國中了，他免交這個。」

「她在小學的時候是按怎交齊的？」葉香問。

「我問過安小西，伊講伊攏無交，伊也無想欲得獎，伊也毋是班級幹部。老師和同學攏無在意伊。」真不知安小西是怎麼撐過來的，單從這一點上，我就對她佩服得五體投地。

「安小西真膽大，咱也應該學伊。」葉香說。

「唉，咱毋學這個，咱要想辦法，一定會想出辦法的。」我鼓勵她們。

正說著話，時雨來了，他說他到我家去了，看我不在家，又上麗霞家去了。他發現麗霞家也沒有我，就直接來到葉香家裡。

時雨把我叫出去，他說：「這件代誌袂使帶他兩個，這件代誌得保密。」

「為什麼呀？」

「因為、因為少呀，恁三個一定無夠分呀。」

「按呢毋好吧，那他欲按怎？」

「妳先撿妳的，咱閣想他兩個的。」時雨想了想說。

我也沒有更好的辦法，時雨帶我就夠麻煩了，我也不好說再帶上她們。我先撿自己的，撿多了，我再給她們一點就是了，我心裡想。

我回家帶了筐和鍬，我看時雨帶了更大的筐。

我跟著他，走了很長的一段路，轉了兩個彎，來到一個大院。我看到大院門前有人看守著，不明白我們為什麼來到這裡。

「這是佗位呀？」我不解的問。

「妳什麼攏莫管，在外面等我。」他接過筐就從一處縫隙裡鑽了進去，我遠遠看見了一堆糞。那堆糞，此時在我眼裡，它們像太陽閃爍著金燦燦的光芒。

可我突然就覺得不對了。

這不是撿糞呀。

一會兒，他一臉灰的鑽了出來，把筐給我，又把我的筐拿了進去。一會兒工夫，我的筐也滿了。

我們馬上挑著筐快步往回走，我心裡好害怕，就怕後面有人喊我們。

一路上，我都不敢回頭，也不敢說話。我知道這樣不對，但我一想到十筐的任務，還有葉香和麗霞的任務，就快快往家趕。

第二天早上，我和時雨又來到了這裡。這次我碰上兩個學生，一個女生和一個男生，長得有幾分相像，大概是兄妹倆。

童年

我們相互對望，誰也沒說什麼。幾乎同時，時雨和那個男生都鑽了進去，留下我和那個女生站在這裡。

「妳是頭一次來吧?」那女孩問我。

「嗯。」我點頭，不敢說已經來了一次。

「抑是得較早來，太晚他這裡的人上班了就危險了。」

「按呢毋好吧?」我有點難為情的說。

「那有什麼法度?阮班同學也有去另外一邊的，那也有大車隊。」那女孩大大方方的說。

是呀，班上四十人，都能完成任務嗎?不是一筐兩筐，是每人十筐呀。學校那麼多班，那得多少人呀，哪有那麼多的糞呀。有的人說交齊了，會不會也是這樣弄的?想到這裡，我有點心安了。

那個女生又接著說：「阮也是聽其他同學講的，就進去偷拿一些，反正這裡有很多。」

我不知說什麼好，我想離開，可是又移不動腳步，我還打算把糞給麗霞和葉香一點，讓她們好歹交上一些。

「對了，妳交屎的時候，再加一點灰，閣要用小筐裝，按呢就會使多交出幾筐。」

看來她很有經驗了。當我們從學校值週的人手中接過糞票時，覺得它好珍貴呀。我查了又查，有五筐了，再去一次就夠了。

時雨不讓我把這事告訴麗霞和葉香，他說：「要是嘴不嚴的話會出代誌的。」我也想到那個女孩說的危險，就裝作沒有這回事。

我聽從時雨的叮囑，沒告訴她們這件事。我人生第一個祕密，居然是幾筐馬糞。

用功讀書好榜樣

放哨

老家有兩處馬車隊，馬車是交通工具，平時負責拉煤拉菜。冬天儲備秋菜時，馬車就把白菜送到各家去，我們每家通常買三四百斤白菜，家家如此，白菜是冬儲菜。

因此，有了馬車隊，所以月初用馬車給各家各戶送煤、送板皮。

我照例在外面放哨，左看看，右看看。這時從側邊裡屋走出一個人來。

他過來問我：「妳在這衝啥？」

他臉黑黑的，樣子有點嚇人，說話聲音還挺大，我有點害怕，急忙往回走。

他走向那個缺口，時雨就是從這裡鑽進去的。可我沒機會通知時雨，就看到那個男人堵在那裡，一動不動。

一會兒工夫，鑽出來五六個男生，有時雨，還有一個是那天看到的男生。其實我看到他後就要跑，那人指著我說：「妳也來一下。」

我們被帶到了辦公室。那人是隊長，隊長說最近糞丟得太多，他們就找原因。聽說各個學校都在交糞，就知道一定有學生在附近，他今天專門出來抓人的。

那個缺口也是他發現的，我們被逮個正著。他問我們的學校班級和老師，我們沒有辦法撒謊，只好如實告訴他。他放了我們，但通知了學校。我交上去的糞，無效。我還不如麗霞和葉香，她倆好歹還有兩筐是自己撿的。

校長在操場上廣播說有五十多人不好好撿糞，到馬車隊偷糞。他說不點名了，但偷糞的同學要寫悔過書，還要補交十筐豆芽。

我在悔過書上寫：我不知道在哪裡能撿到十筐糞。老師說不合格。

我又寫：我就是想交齊十筐糞，只好到大車隊拿。老師還說不合格。我的悔過書翻來覆去就那幾句話，老師說不行。

老師幫我向校長說情，說我功課很好，平時也很熱心助人，加上學校接到許多家長反映，最後此事不了了之。

寒假前，開始選模範生了，自然沒有我。其實班上還有五六個人也寫悔過書了，可他們都不是好學生，不是好學生，就沒人記得。

回家後，我發現大姐安小南和二姐安小西，還有二哥安小北都拿回了獎狀。

我難過得吃不下晚飯，覺得自己好丟臉，早知這樣，還不如學二姐安小西呢。至少不用寫悔過書呀。

「時雨來了？呷飽未？」聽到媽媽的聲音，我才發現時雨進來了，他低著頭，不說話。

他一定是知道我沒當上模範生來看我的，但如果不是他幫我偷糞，我就能當上了。我們班沒完成任務的也有當上模範生的。

我心情不好，也沒理他。他待了一會兒就走了。

媽媽責怪我說：「妳怎麼這樣，人家是好心給妳鬥相共，唉，伊幫的方式確實毋對，毋過妳也袂使攏無給伊理呀，妳看伊多可憐。」看著時雨的背影，我心裡也有點後悔。時雨也沒有什麼錯，要怪只能怪自己。

還有，不當模範生其實也無所謂，反正我成績一直是頂尖的。

這樣想的時候，我就不生氣了。我覺得對不起麗霞和葉香，當時把她倆扔下了。麗霞和葉香本來生我的氣，但聽我說原因後，就原諒我了。再後來看到我寫悔過書了，她們還來安慰我。她們商量好了，等有豆芽時就幫我拔，麗霞說她媽媽告訴她用鉗子夾豆芽，不然我們的力氣太小，拔不動。

葉香送給我一個假領子，我看上去像多了一件衣服。

我原來以為她的衣服很多，後來才知道，她不是衣服多，是衣服的領子多。裡面放個領子，不是全身，但露在外面，就以為是另一件衣服。那個領子，只用一小塊布做的，款式各式各樣，很好看。

互學互助

我們班開展了互學互助活動，我搶先報名幫助俊彥。他媽媽有事就找我，我想如果我幫了他，那以後，他功課就能和我們一樣好。

麗霞我不擔心，有葉香呢。而且葉香說了，只要她努力，她仍然會是好學生。我相信她。

可俊彥不一樣，如果我不幫他，別人的話他是不會聽的。

老師說，班上有的同學成績太差，小心要留級了，俊彥的媽媽聽說後更擔心了。「我想欲做一個會當飛在天頂的風吹。」他的好陀螺製成後，他又有了新的規劃。我不能打擊他，但也無法鼓勵他。畢竟我們將來得考中學，無論如何，我也不想把他留在小學。

我天天擔憂，可俊彥天天忙著做稀奇古怪的東西。俊彥的親媽聽了也替他煩惱，跟我媽說：「妳看，伊阿妹仔功課那麼好，做阿兄的卻很差，這哪像一家人了。」

俊彥的後媽也煩惱。但說不了，俊彥從不頂嘴，這一點跟二哥非常像，所以媽媽最喜歡二哥。但說完了，他該做什麼還做什麼。

這次親媽和後媽湊到了一起，想說服俊彥好好唸書，把落下的課補上。她們都不想讓他留級。

她們一致決定，讓我媽跟我說說，替他補習功課。

這不是大事，我最願意幫同學補課了，班上一有類似的活動，我就先搶著報名。

怎麼才能說服他，讓他自願學習呢？老師說過，只要自願做的事，都能做好。如果不是自願學，那進步就慢。

以前我總跟他說，不會的來找我，來找我，可他一次也不來。

我想了好幾天，想到了好主意。我去找美芳，俊彥對美芳最好了。

「妳看，妳和妳阿兄只差一年，伊若是降級，就和妳同年級了，妳咁願意？妳功課這麼好，別人會笑妳阿兄的。」我想好了這些話，見到美芳，就跟美芳說。

美芳一甩辮子，說：「我無願意。阮班有個男生總要和我搶第一，我欲永遠保持落去。有一個袂會讀冊的阿兄袂行，別人會給伊笑。妳講吧，有什麼辦法，我跟妳做伙給伊鬥相共。」美芳很聰明，一下子明白了我的意思。

「妳要說服妳阿兄心甘情願讓我替伊補課，妳看著伊寫作業，一定要完成作業。」

第二天俊彥來找我，說請我幫他補習功課，他一定認真，保證短期間把成績趕上來。

「你怎麼雄雄改變想法？」

「我阿妹仔是我唯一的親人，除了父母，誰攏袂使給伊笑。」他只說了這麼一句話，就聽從我的安排了。

從那天開始，我每天放學回家先吃飯，吃完了，就到他家來。我們一起寫作業，寫作業前，我先把老師當天講的內容再對他講一遍。有時我會出作業給他，並讓美芳監督他完成。

歐陽老師在班上也說了，需要老師幫助的話也告訴他。我們班成立了互學互助小組後，老師說算他一個，他替每個人寫一張紙條。被幫助的人，老師都給了任務。

俊彥的紙條上寫著：改掉上課搞小動作的習慣。

每年老師給他家長的通知書上都會寫：該學生上課愛搞小動作，以後要加強課堂紀律……俊彥上課總愛做些小東西，不認真聽課。

老師給了他任務，讓他負責課堂紀律，有人搞小動作，有人說話，他都可以記下名來。

老師就按他提供的名單，找同學談話，罰他們做值日生。

俊彥很認真做這件事，權力也讓他有了責任感。慢慢的，班級紀律好了，他自己也改了搞小動作的毛病。俊彥很聰明，用心學了，成績很快就上來了。不久，他就成了中等生。他們全家人可高興了，都誇我，買好多好吃的給我。他媽媽買了一塊花手帕給我，說等俊彥考上國中的時候，她還會送我禮物。

老師給麗霞的紙條上寫的是：數學加減法，不許再有任何差錯。在葉香的看管下，麗霞的國語生字圈詞都背得挺好，如果麗霞寫錯了，葉香就不讓她下課出去玩，罰她多寫。

她算數馬馬虎虎，老師另給她任務，讓她數班級人數。我們班晨會總有不去的，有躲廁所的，有跑去別處玩的。

麗霞沒當過班級幹部，接到這個任務很興奮。她可認真了，一到晨會時間，她都不等我們，自己早早跑到最前面去。剛站幾個人，她就開始查。

我和葉香告訴她，可以讓男女生站隊對齊，這樣可以兩個兩個一起查，最後乘法就可以了。可她不聽，非要一個一個查。

她抓住兩個不去晨會的，一個躲廁所去了，一個跑到遠處抽菸了。抽菸的那個男生平時功課還不錯，人也挺老實的，不欺負女同學，當我們得知他竟然偷偷抽菸，都有點意外。

那個躲廁所的男生放學後，要揍麗霞。我們大聲喊人，麗霞的同桌也過來了，那男生就跑了。

她的同桌是那個偷偷抽菸的同學。老師告訴她，以後看他帶菸就做個手勢，老師好抓。

麗霞一想到同桌幫了她，就不忍心。

葉香說：「妳這是為伊好，將來伊會給妳感謝的。我阿爸講過，呷菸無好，容易得肺癌。」說完，她看向我。

我媽抽菸，麗霞的媽媽抽菸，俊彥的媽媽抽大菸袋。可葉香家，爸爸不抽，媽媽不抽，相信哥哥也不會抽的。我覺得這樣最好。後來的後來，我媽確實死於肺癌。麗霞說，她想出辦法來了。我們就問什麼辦法。

「我同桌帶兩次菸，我講一次，按呢既對得起老師，也對得起同桌了。」麗霞說。

我和葉香只好誇她聰明，她更開心了。

我手裡的紙條寫的是：跟同學分享寫好作文的方法。

我走上講台，看著下面黑壓壓的人，心裡有點害怕。葉香提前囑咐我，若是害怕，就不要看大家。可以看後面的黑板，看不到人，就不怕了。多說幾次就好了，妳得練習。說不定將來長大當主管了，要天天和下屬開會呢。

葉香鼓勵得我有點小激動，鎮靜了一下，我走到前面，然後開始說：「寫作文就是寫事，寫事得先把事情說清楚。這是第一步。但要說得好，讓人接受，就得想想。比如你在家裡，餓了，要吃東西。你說『媽，我餓了，要吃飯。』你媽要是不高興了，會說『餓X小呀，就知道吃吃吃。』」

全班同學聽到後，哈哈大笑。

我轉向老師，馬上說：「老師，這是我們鄰居家發生的事，是真事。」

老師點頭，阻止大家笑，讓我繼續說下去。我想起了最會說話的二哥安小北。

原本爺爺奶奶對他一般，但因為他是男孩子，他們對他也比對我們姐妹好。

後來，他一去爺爺奶奶家，就要看爺爺當年去臺北的照片。照片上的爺爺滿面紅光，戴著報童帽，他和穿著戲服的京劇演員握手。

爺爺是掘進工，有讀過書，傳說他雙手會寫梅花篆字。有一年他當選了老家的礦工代表，去臺北見蔣中正。爺爺回來時帶回了這張照片，家裡一來客人，他就拿出來給大家看。我們看了幾次，就不想看了。

可安小北不一樣，每次去，都主動要看。一遍遍看，誇爺爺照相有氣勢。還說全班同學都羨慕他，說他爺爺真了不起。加上安小北不僅會說話，還長得好看，看了幾次照片，我爺爺奶奶就喜歡上他了，對他的喜歡甚至超越了大哥。

他想吃餃子，會這樣說：「阿母，妳包的酸菜餡餃子，呷過的人攏過嘴不忘。」他自己造了個詞，然後問媽媽什麼時候再做。

媽媽一高興就說：「這幾天你阿爸發薪水咱就買肉包。」

許多年後，媽媽還說家裡對她最好的孩子不是我們三姐妹，最孝順她的是二哥。她說二哥從不跟她頂嘴，說話也哄著她說，從沒讓她生過氣，這樣看來會說話多重要。

我怕同學們再笑，沒敢全講，挑著講了一部分細節。結果大家聽完了還是哈哈大笑。

老師說：「安格講得好，安格有想法，安格的作文才能寫得好。」

班上的紀律好了，學習風氣養成了，學校讓別班老師都來我們班聽課。我們老師穿得整齊，他們也說你們老師真有架勢。

那段時間我們班天天歡聲笑語的，因為全班每人都各司其職。

葉香也很有幹勁，麗霞成績進步了，她有功勞。我也高興了，因為俊彥當了班級代表。有一天老師買了糖塊給全班同學，甜滋滋的。

媽媽去了臺南

老師讓我們用「想」字造詞，有的同學說「想法」，有的同學說「思想」，我舉手大聲說：「夢想。」

老師誇我造的詞最好。老師說：「夢想是對未來和未知世界的猜測和設計，人生有夢想，就有希望。」

安小西的夢想是去臺南看看，可她沒機會實現，我的夢想在老師說的未知的世界和未來。想去臺南的安小西沒有去成，不想去臺南的媽媽，必須去臺南看病。礦裡醫院給媽媽的檢查結論，是建議她去臺南就醫。

爸爸帶她去臺南看病。媽媽的夢想不是去臺南，她想讓我大哥生活得更好，可她必須去臺南治病。

我大哥私自結婚了，大嫂還是媽媽不同意的那個女生。

那女生不高，小臉，小眼睛單眼皮，看上去就很厲害。不知大哥看上她哪點了。

媽媽聽人說我這個大嫂曾是別人的女朋友，他們分手後塞給我大哥的。我大哥年紀比他們同學都小，沒經驗，據說是讓人賴上了。媽媽聽了病更重了。

用功讀書好榜樣

媽媽臨走時叮囑我們都要聽大姐安小南的話。大姐安小南的生活能力特別強，她是年級代表，各班的事她都要操心，管起我們來，也頗有經驗。她每天比我們早起一個小時，為我們做飯，上學前，還要叮囑我們檢查一下作業，別落在家裡。

中午放學就往家跑，她跑得快，一回家就做午飯給我們。

後來她又做了一件聰明事，她把二哥安小北安排去爺爺奶奶家裡吃飯。爺爺奶奶喜歡安小北，可他們不喜歡女生。大姐不讓我和安小西去，怕我們受委屈。

我和二姐都聽大姐的話，從不主動去爺爺奶奶家。安小北去爺爺奶奶家吃飯，我們家就少了一個人。

有時大姐還給我一點玉米粉，讓我去時雨家換煎餅。我每次去，時雨的後媽都會多給我一點，她挺喜歡我的，說我對她家時雨好，時雨帶弟弟們也帶得好。

晚上我和安小西讓大姐講故事，大姐曾在夏天的時候去過臺南。大姐總說睏，不愛講給我們聽。

我心想：還得等媽媽回來，讓媽媽講講臺南的故事。

有一天中午，安小北回家了，我問他：「怎麼雄雄轉來了？」

「以後莫去了，他背後講阿母浪費錢，自己無上班，看病閣欲去臺南。」安小北說著，就出去拿碗盛飯吃。

我第一次覺得安小北真像男子漢！

後來安小北又做了一件更像男子漢的大事。

在盼望中，我們等回了媽媽。因為安小北在爺爺奶奶家吃了幾天飯，大姐就省下了一點錢。她買了菸給媽媽，是盒裝的。平時媽媽抽旱菸。

媽媽住院，爸爸陪著，媽媽看到我時說，她說不出臺南是什麼樣子，他們根本沒有時間逛。病稍好一點，他們就坐車回來了。

大姐安小南看我有點失望，就用買菸剩下的三塊錢，又自掏腰包加了兩塊錢，買了一支枝仔冰給我。五塊錢的枝仔冰比三塊錢的要好吃多了。

回來的媽媽心疼大哥，她決定幫大哥做被子。

外婆來了，外婆一聽媽媽去臺南看病，嚇得不行。先是罵了爺爺奶奶一頓，是背後罵的。接著又罵了爸爸幾句，這是當面罵的，說爸爸沒好好照顧媽媽。

我一想到自己這麼好聽的名字是外婆取的，我就特別喜歡她。

「阿嬤，阿嬤，妳放心吧，以後阮攏會好好照顧阿母的。」我拉著外婆說，外婆聽了很高興，她說她最喜歡我了。

我想好好招待外婆，可外婆喜歡吃什麼呢？我把能知道的能想到的事通通在腦子裡過了一遍。

餃子！我知道榆樹種子可以包餃子，這東西還不用錢。可上次外婆來時吃過了，這次就不吃了吧。

還有什麼呢？我拚命想。

魚，我想到了魚！葉香家裡煎好的魚，香味飄了一屋。

想好之後，我就去找時雨，時雨的爸爸釣過魚，他家裡有釣魚的工具。

他說，他知道某地的池塘裡有魚，就是有點遠，問我可不可以。

為了替外婆抓魚，我覺得我一定要答應。有一次我在小河裡看到一條魚，可是身邊沒有東西可用，我一時急了，脫下衣服就往河裡扔，想用衣服罩住魚，我下去抓住衣服就行了，可是魚還是跑了。我回家跟爸爸說，要找大一點的瓶子裝魚。爸爸是夜班，所以他白天在家裡，他一聽我要去抓魚，那裡人煙稀少他不放心，要跟我們一起去。

我們走在通往目的地的路上。這個地方相對老家來說有點遠，顯得空曠。路上我們看到四周有小火車道，這些小火車道通向各個井口。

它們用來往外運煤，運到選煤廠。到選煤廠再一次選好後，煤留下，一部分給居民，另一部分支援國家建設。

選出來的石頭，就堆在這裡了。長年累月的，這山堆得很高。

也有人在這裡撿煤，有的石頭上帶一點煤，用錘子砸下來，還能繼續燒。

我看向運煤的小火車道，問爸爸：「這裡也有恁井口的吧？」

爸爸很得意，他說他們井口得過兩次第一名了。

我們來到時雨說的地方，這是一處葦塘，水看起來很深。

我、爸爸和時雨一眼就看到了游著的小鯽魚。時雨性急，一腳就下去撈魚。可是他的腳陷了進去，拔不出來了，我嚇得趕緊找東西救他。爸爸拿起一根秸稈遞給時雨，時雨拉著上來了。

「莫著急，這裡無人，魚仔攏是咱的，恁兩個注意安全，我來。」爸爸叮囑我倆說。爸爸把釣上來的魚放在網兜裡，我把手伸進網兜，用手一撈，牠們從我手裡掙脫了，最長的一條有半尺。我們又在附近找到了一個蓄水坑，裡面是雨水，水很清澈，高度有一人多高，半間屋子大小。爸爸斷定那裡有魚，他想下去探底，我死活不讓，因為爸爸不會游泳。

時雨「撲通」一聲，跳了下去。他在下面摸了多時，上來時，手裡有兩條魚。

爸爸開始下鉤，然後拉鉤沿著坑走，一邊走一邊拉著。那鋼鉤上掛著的，幾乎都是半斤左右的鯽魚。那魚兒直蹦，我樂得合不攏嘴。回家後，爸爸分給時雨五條，他說不用那麼多，最後只拿走了三條。

晚上，我在家裡看著媽媽煎魚，還不時跑出去看時雨家的煙囪。我一看沒冒煙，再看還沒冒煙。等我家都吃上了，才看到他家的煙囪終於冒煙了。我樂得跑去他家，在院子裡聽到他們說話：

「這尾魚真大呀。」「大兄太了不起了。」「攏拿去煮，攏拿去煮。」「莫擠，莫擠，莫急，莫急。」都是那幾個小子笑的聲音。

我希望他後媽能對時雨好點，我發誓以後要幫時雨討他後媽的歡心。

外婆誇魚好吃，說新鮮。我纏著外婆講故事，外婆只會講黃鼠狼的故事。

「黃鼠狼，整個身軀長長的，跟狐狸差不多。小尖臉，有小碟子那麼大，專門偷呷雞仔。毋過妳也袂使惹伊，這個黃鼠狼記仇的，惹上了會送命的。」

「好了好了，阿嬤，妳替阮做一些好呷的東西吧。」我忙打斷她，不敢聽下去。

大魚吃完，外婆把我們釣的小魚弄碎碎的，做成醬，放在大餅中間夾著吃，香香的，好吃極了。

外婆把泡好的豆子磨了，然後把它放入鍋裡煮熟，再淘進一個大瓦盆裡，淋上滷汁，過上二三十分鐘，就著打好的滷味開吃。她說這叫鹹豆花，吃起來軟乎乎的，像雞蛋糕。

外婆還把莢果蕨、貓耳菜、薺菜等野菜洗淨，煮湯給我們喝。

外婆在我家的時候，媽媽的病很快好了，我們天天吃得開開心心的。

外婆的到來，為我們家增添了神奇的活力。

時雨運動會生涯的開始

「跑得快慢沒關係，只要喜歡跑，都可以報名。同學們想想，自己擅長什麼項目就報什麼。」老師在放學前和大家講了運動會的意義。

我們學校準備召開運動會了。三年級了，我們可以報名運動會的項目了。一、二年級時我們只能在旁邊看著、鼓掌，不能上去跑。二哥的學校前幾天舉行了運動會，我和媽媽去看了二哥賽跑。

其實他平時不擅長跑步，但他現在是糾察隊隊長，他得帶頭跑，其他同學都看著他呢。時雨跑得也不快，但他看二哥報了跑步項目，他也跟著報名了。

跑之前，二哥說他報的項目是最新的，帶有挑戰性。我看二哥跑到場中央，撿起地上的衣服就往身上穿，一邊穿還一邊扣鈕釦，扣好後，就往終點跑。

時雨跑得更慢，他跟在二哥後面。二哥跑了第三名。

能參加決賽就好，我和媽媽都鬆了一口氣。希望他在決賽時能跑得更快一點。

二哥從場上走下來，他的同學都替他鼓掌。可我看他的樣子不太高興，就跑上前去把他拉了出來。

媽媽高興的說：「走很緊，第三名。」

他沮喪的說：「鈕仔扣毋對了。」我聽了他的解釋一下子就明白了，他把第一顆鈕釦扣到第二個釦眼上了，第二顆鈕釦扣到第三個釦眼上了，這樣下去，到了第五顆鈕釦，他找不到扣眼了。

二哥參加的項目是戰地著裝，模仿軍人聽到敵情馬上穿衣進入陣地打擊敵人的訓練。

媽媽勸他：「無代誌，毋管按怎講，你攏走得很緊。明年走的時候，就有經驗了。」

二哥聽了媽媽誇他跑得快，臉色才稍好一點。

我再看時雨，他沒回來，原來是被記下名字了，就是能參加決賽了。時雨跑了第四名，前四名可以參加決賽，我向他表示祝賀。媽媽看二哥的臉色不好看，趕緊拉著我離開了。

輪到我要參加運動會了，我召集全家人開會，商量制勝法寶。

二哥安小北平時不怎麼跑步，可他跑了第三名。我想我可能也能跑。

二姐說：「妳無走過，也無練過，咁會行？」

二哥安慰我說：「我也無練過，到時就用力走，什麼攏莫想，莫做上尾一名就好。」

我想了想，還是決定參加比賽。一組六個人跑，二哥說只要不是最後一名就行，我相信我的運氣不會那麼差。

一百公尺時間太短了，四百公尺又長了一點，我決定報兩百公尺。

這個決定他們都同意。我看了看他們，也沒人鼓勵我，我對自己的信心突然喪失了。我說：「煞煞去了，恁攏很無閒，誰攏莫來看我比賽。」

媽媽說她一定會去的，她要替我加油。我盼望的運動會終於開始了……我興奮的坐在班級裡，焦急等著我參賽的項目。當我聽到廣播裡喊：「參加女子組兩百公尺賽跑的運動員，請到報到處報到。」我站起來就往操場跑去。看著自己身上的白色運動服，真有精神。到了比賽場地，我觀察了我們小組的六個人。

她們身高都和我差不多，沒有太高的。人不高腿就不長，腿不長就不會跑得太快。我又細細看了每一個人，頓時有了信心。

發槍的人在我身邊。

我回頭望向班級時，看見麗霞和葉香朝我揮手。她倆都不報名，都說自己跑得不快，都怕得不到名次。我的心怦怦直跳，槍響了，不知何時響的，就看到別人跑了，我也跟著跑。

我盯著自己的跑道，不敢往兩旁看，告訴自己別跑偏了。

我拚命往前跑，用盡了全身的力氣，可怎麼也追不上前面的同學。我想：追不上前面的同學就算了，爭取不讓後面的同學追上吧。

不在同一跑道上，我分辨不出自己的名次，也不敢仔細看，就怕耽誤了時間。快到終點了，我看清了，我們三人距離差不多。

跑前有人告訴我，不能搶跑道，要是搶了跑道，就屬於犯規。犯規了跑第一也沒有成績。

真累呀，我的力氣快用完了，才看到前面拉線的同學，我像看到救星一樣，一下子奔了過去。

前三名有人記成績，跑在後面的同學沒人理。我轉身往回走，盡量慢慢行走。我大口喘氣，保持著微笑並裝作無所謂的樣子，找到班級後，坐在凳子上。

大家都替我鼓掌，我挺高興的，覺得自己跑得不錯，就是不知道跑了第幾名。前面有好幾個人，後面嘛，倒是沒看到。但我相信後面肯定有人。

我向大家點點頭，表示感謝，然後裝作若無其事的找老師。

班上有個女生跑了兩項都得了第一名。我走到她跟前，問：「為什麼妳會當走那麼緊？」

「我平時就佮意走走，常常走，時間一久就緊了。」她拉長聲音笑嘻嘻的說。

「按呢呀，我以後也欲加強訓練。」

「老師給阮講，等妳轉來要熱烈鼓掌。」她對我說。

我聽到老師讓大家給我熱烈鼓掌就更高興了。我小聲問她：「妳咁有看到我走第幾名？」

「妳毋知影？」她瞪著眼睛，好奇的看著我。

「我自己看無呀，心裡只想莫違規的代誌了。」

「我想……妳是最後一名。」她猶豫了一會兒才說。

「什麼？最後一名？」我的聲音一下子大了起來，惹得前面幾個同學回頭看我。想到自己剛才坐下來還心安理得的接受大家的掌聲，我的臉熱熱的。

她一看到我變了臉色，馬上說：「我閣有其他比賽，先去準備了。」

「葉香，妳過來。」我朝著葉香喊，我有點不甘心，希望她看錯了。

葉香馬上湊過來問我：「什麼代誌？喊得這麼大聲，妳看他攏在給妳看呢。」

「我走第幾名？」我不死心的問。

「嗯，第六名。」

「第六名？幾個人走？」

「六個人啊。」旁邊的一個男同學被我剛才的聲音嚇了一跳，搶著插話說道。

不對呀，老師讓大家鼓掌了，怎麼可能第六呢？我心裡想。

「葉香，妳咁有看清楚？」

「老師講了，等妳轉來，要大家鼓掌。」葉香盯著我的眼睛，很認真的說。

有個男生怪聲怪氣的用國語說：「安格回來，大家要鼓掌，誰都不准笑。」

啊，還有這種事？這老師，他讓大家為我鼓掌，我還以為自己跑得不錯呢，他這是欺騙。

我一想到這裡，就匆匆站起來去找老師。

「妳找我，安格？」老師看著我急匆匆奔向他，問。

「老師，您說過，人要誠實，對吧？」

老師笑了，好像我說了什麼可笑的事，但他看到我臉色難看的樣子，又嚴肅起來。

「對，怎麼了，安格。」

「老師，我剛才跑第幾名？」

「問這做什麼，安格？」

「大家為我鼓掌了，我跑最後一名，您也讓大家替我鼓掌嗎？」

老師嚴肅的說：「對呀，能上場參加比賽的同學都很了不起，都應該得到掌聲。」

我不知說什麼，傻傻站在那裡，心裡覺得有點委屈，就覺得有人騙了我。

「參加比賽本身就是勇敢的人，還有很多人不敢跑呢。妳知道自己不會第一，但也勇敢上場。安格，人就是這樣一點一點的進步，妳還記得嗎？一年級時，老師讓妳到台上帶領大家唸生字，妳都不敢。但現在呢，妳比以前勇敢多了。」

老師拍拍我肩膀說：「回去吧，要是喜歡跑，以後多練練成績就會更好的。」

媽媽有事沒來，時雨跑來看我比賽了，我想幸虧媽媽不在，要不然，真的很不好意思。

時雨決賽沒得名，但他好歹進決賽了呀。

回家的路上，他們都悄無聲息的，大家看我心情不好，都不敢多說話。

麗霞和葉香也不敢安慰我，我回來和她們說了老師的話，不敢上場就是不夠勇敢，不敢報名的就更不算勇敢了。

時雨強調說：「我在的那組，他的身材攏比我闍較高，闍有兩個本身就是校隊長跑隊員，我根本走袂贏怹。別人走一大步了，我才一小步。先天條件跟後天訓練攏很重要。」

我不服氣的說：「明年我闍欲走，一定會走出好成績。你要有信心，你無他高，猶毋過比他闍較巧，身體輕便也是優勢。阮老師講了，只要鍛鍊，成績一定會進步的。」說到老師的話，我的心一下子溫暖起來。時雨讓我說得滿臉通紅，但他脾氣好，從不反駁我。

他說：「好，妳骨力，我也骨力，我一定會走好。安格，妳應該相信我吧，我從明仔日開始鍛鍊。」

「你是厝內的大兄，家人的幸福全靠你呢。」我想起二姐說的話，二姐的豪言壯語，關鍵時刻非常有用。

從那以後，我們五個天天跑步。一週下來只有我和時雨在堅持。等到第一個月後，我也堅持不下去了，時雨卻一直在跑。

他說我說得對，他說他要培養自己的責任感。他跑步的鞋子常常壞。有一次他後媽把他的鞋扔了出來，說不幫他縫了。他拿鞋來找我，想讓我媽幫他縫上。可我媽的手受傷了，不能幫他忙。我學媽媽的樣子，鉤針和針都用上了，終於把側邊開線的地方縫合起來了。

那個特別藍的邊，是我從書包上拆下來的，縫上時看起來很漂亮。

他說這雙鞋他會保留一輩子。

沒想到第二年的運動會，時雨跑了兩個第一名。小學畢業前，他還打破了縣裡的短跑紀錄。誰能相信，時雨的體育生涯是在我小學三年級的運動會上開始的呢。

童年

世界的視窗

第一本書

日子飛快的過去了，在不斷被責罵被表揚的日子裡，我們迎來了四年級。

我們還是結伴上學，看著周圍不斷發生變化。

「我夢到老師了。」一大早，麗霞眉飛色舞的跟我和葉香大聲說。

「較小聲點。」葉香斥責道，葉香的臉色也變了。葉香夢到老師的事，被同學們知道了，大家起哄，說她是女流氓。老師和她說了什麼，她一直沒告訴我們。

我盯向她，她低頭想了一會兒說：「老師講過，查某囡仔要矜持，伊閣講等我大漢了就會知影，毋過我現在知了，袂當什麼話攏講出來。」

「咁有影？」麗霞不明白。

「老師是查埔人，咱是查某囡仔，查某囡仔袂使清彩講夢到查埔的。」葉香很認真的告訴我們。

「聽到無？莫到學校黑白講，咱三個知影就會行了。」我又叮囑麗霞。

我們又問麗霞的夢，可麗霞說記不清了，就記得老師在夢裡跟她說話了。

我安慰葉香說：「無代誌，咱三個猶閣是我最常被罵，毋過我抑是很佮意咱老師。

我感覺伊是真心佮意咱的。」

葉香在學校變得沉默起來，那天她對我說，她要向我們學習。

「阮有啥會當學的？妳莫黑白學呀。」我馬上反對。唉，真沒辦法，我心裡一點也不想她和我們一樣，葉香多好呀，為什麼同學看不到葉香的優點呢。

那次我看她在家啃食乾糧布上的饅頭皮，我就知道她是跟麗霞學的，心裡就有點難過。麗霞家裡做饅頭的時候不多，做一次吃完後，乾糧布上的饅頭皮，她們幾個就搶著往下拉著吃。我以前也這樣，我還用大餅擦菜鍋的底，可我看葉香家吃飯都安安靜靜的，就再也不做這樣的事了。

葉香偷偷告訴過我，說她媽媽說的，只要在乾糧布上抹一點點油，就不會黏了。可我沒告訴媽媽，我知道她是捨不得抹油的，油多貴呀。

上半天學，不上學時在家裡沒事，我還是願意去她家。去她家，可以跳到床上和她玩。

她家有兩張床，我們可以用一個。

我又來葉香家裡，和平時一樣，進屋就要上床，可這次我沒上，我看到了他哥哥。

葉香的媽媽跟我打了招呼，囑咐我們好好玩，就帶著葉香的弟弟走了出去。

他哥聽見我們說話，抬頭看了我一眼，又低下頭去。他靠在牆角，穿著白色的毛衣，領子上有兩道黑，底邊也有兩道黑，看上去真有精神。他在看書。

我看向他坐的那張床，床上有兩個箱子，箱子上面放著一堆被褥，其他什麼也沒有。但就是她哥哥在，彷彿那床上也有了生機。

對，生機，我一下子想到這個詞。

第一次有機會細細打量她哥哥，我暗自想著：她哥比她大七歲，那就是比我大八歲，我在心裡算了一下他現在的年紀。

「妳阿兄在看什麼冊？」我小聲問她。

「我阿兄的衣服？那是我阿母織的毛衣，伊是照著書上的樣子織的，好看吧？」葉香說。

「我是問伊在看什麼冊？」我又重複一下剛才的話。他的毛衣是挺好看的，可我更在意他手裡的書。我家有報紙就覺得了不起了，可他手裡有書，那分明不是課本呀。

「我也毋知，伊就佮意看冊。」葉香小聲說。

葉香和我說著地圖的事，她說，她發現畫地圖事一件很麻煩的事，她只知道我們這裡的街道，但有的地方太遠了，她就畫不好……我也沒心思聽，就想：葉香的哥哥在看什麼書呢？什麼書那麼有趣，讓他連抬頭看我們一眼的時間都沒有？

我偷偷注視他看書的樣子，覺得他很了不起，好像他有自己的世界，他的世界和我的不一樣，那個世界是我走不進去的。一個人，一本書，一處角落，我感覺那是道風景，也是道屏障，把我們與他隔離開來，我想跨過去，但沒有路。

在礦區裡，和我家來往的鄰居裡，我沒有看到一本這樣的書，不是課本的書。

葉香家竟然有這樣的書。

再抬頭時，我發現葉香的哥哥站起來，朝一件被褥走去。他把那本書塞回棉被後，又從裡面往外掏，一下子又掏出一本書。我驚訝得睜大眼睛，站起來望向他家的被子。

好神奇的棉被呀。

疊得整整齊齊的被褥，外觀和我家的一樣呀，不一樣的是我家的棉被掏不出書來。

「安格。」葉香拉了我一下，我只好坐下。

一會兒，她哥哥站了起來，他把剛才看的書又塞回棉被裡，下地穿鞋，推門走出去了。

我忍不住問葉香：「哎，我咁會使看妳阿兄的冊？」

葉香馬上說：「袂行，我阿兄從來毋捌讓我碰伊的冊。他的冊阮攏毋敢動。」看我失望的樣子，她又接著說：「別日仔，我保證會偷一本冊給妳看。毋過妳要保證，袂使把冊用歹去。」

「好，我保證。我一定袂給伊用歹。」我認真發誓，就怕她不借給我。

第二天上學，我問葉香：「妳阿兄有在厝無?」她說在家。

第三天，她還說在。我天天問，可她哥天天在家，我好著急呀。

晚上，我進屋後，剛打開書包，葉香樂不可支的跑來和我說：「安格，安格，我阿母講我阿兄去伊同學家了，明仔日才轉來。妳緊去阮家，我找書給妳看。」

我扔下作業就往她家跑，把她遠遠扔到後面了。葉香進到院內時，我都跑裡屋去了，我真想直接上床，自己去被窩裡掏書。

葉香進屋後，在我的催促下，脫了鞋上了床。她從被子裡往外掏，掏了幾下，掏出來五本書。她把書分開來放在床上，對我說：「緊選，只會當選一本，明仔載就要還回來。」

我看著堆在眼前的五本書，覺得那就是另一個世界，那些書裡會寫著怎麼樣的故事呢？我彷彿看到一個嶄新的世界在我面前鋪開，讓我去徜徉。

我激動的一本接著一本翻，葉香說：「緊，趕緊選一本，我阿兄無在厝，猶毋過我阿母等一下就轉來了，閣有我小弟，袂使讓他看到。」

我醒過神來，回到現實。

這種選擇好難呀，選哪本呢？我翻來翻去，看哪本都覺得好。

「就這本，妳緊走吧。」葉香看我猶豫不決，隨手拿了一本給我，我把書抱在懷裡。葉香收拾好另外幾本書，又放回棉被裡。催我快點走，哪用得著她催呀，我拿著書轉身就往家裡跑。

「明仔載一定要給我。」她在我背後喊。這是一本裝訂好的全是文字的書，是我看的第一本文學書。我非常激動，我彷彿抱著整個世界的故事。

到了家門口，我裝作若無其事的樣子走進屋裡，把書放進書包，就像平時放作業本一樣自然。接著全家吃晚飯。吃完飯，我就坐在床上等天黑。

等呀等呀，終於到了晚上。我看家人都睡著了，就躡手躡腳來到廚房，打開燈。我家的廚房很小，小到只能一個人轉過身來。我搬來小板凳，打開書來看。

我怕家人半夜起床上廁所，他們一起床就能看到我了，所以我一聽到聲音，就馬上裝作剛起來的樣子。一直到後半夜了，就著昏黃的燈光，我提心吊膽看完了我平生的第一本書，那是一本關於原住民抗日的書。

上床後，我鑽進安小西的被窩，摟著她哭。我為書中犧牲的幾個戰士哭。她推也推不開我，後來索性拍拍我說：「好了，好了，眠夢攏毋是真的，莫驚，緊睏吧。」

和老師有了祕密

早上我們三人上學，我揉著紅紅的眼睛，戀戀不捨的把書還給了葉香。

「咁有趣味?伊的冊我攏無看過，伊平時顧得很嚴的。」葉香問我。

「好看。」我說。

「什麼冊?講什麼故事?」麗霞拉著我的衣角問。

我想起在昏黃的燈光下一字一句又一目十行看完的那本書，就想哭。

「戰爭的故事，有打仗就有死人，死的人有好人也有歹人。」我說。

「按呢妳是在艱苦啥?」麗霞不解的問我。

「這本冊是在講日本時代的臺灣。其中有一些番仔，在艱難的環境下，為了維護臺灣人民的權益，獻出了自己的生命。」我想了一會兒說道。

「打仗就會死人，所以人要有本事，要做最強的人。」葉香總結說。

一整天，我都在心裡回憶這個故事，心裡裝得滿滿的，別的什麼事好像都裝不下了。

「我咁會使閣看一本?」我問葉香。

「袂行，我阿兄今仔日轉來。」葉香搖頭。

晚飯後，我又去葉香家玩。

她哥哥果然回來了，還是在看書，這次他坐在床邊看書。

我悄悄坐在他的身邊，他看了我一眼，又低下頭，繼續看書。

我小心翼翼的往他身邊靠近，和他一起看。他翻了頁，我就假裝在看葉香。他再看時，我就屏住呼吸，湊上前去。看到斷斷續續的句子，我也挺高興的，一高興就笑出了聲。他看了我一眼，我馬上坐好。

「妳咁看有？」我迫不及待的點點頭。

「妳幾歲了？」

我急急的回答：「我比葉香細一歲。」

「妳咁認識很多字？」他眼睛圓圓的，望著我又問了一句。

「很多，我的國語跟葉香同款好。」我誇了葉香一句，就想她高興。我又補充道，「那本抗日的冊我攏看有，裡頭的字差不多攏認識。」

「嗯？」他轉頭看向葉香，好像很吃驚。我看他盯著葉香，馬上後悔了，但話說出去了，也不好改口。我低頭坐在那裡，兩腿晃蕩著，不敢看他。

她哥看了一下葉香，最後什麼也沒說。我沒有聽到發脾氣的聲音，又抬起頭來，對他說：

「為什麼好人也會死呢？那本冊裡死了那麼多好人，看了真毋甘。」

「人攏會死的，這和好人歹人無關係。若是袂死，那咁毋是變做妖精了？」

「真的？咱也會死？」我驚恐的問。

「嗯。毋過免煩惱，咱閣少年，要過好多年好多年才會死的，放心吧。」她哥竟然笑了一下，拍拍我的腦袋。

我拚命點頭。是呀，我們要活好多好多年，我對此挺有信心的。晚上回家，我夢到了那個被褥，早上媽媽喊了我好多次，我就是不起來。我要把那個被褥留在我夢裡久一點。

葉香的哥哥真好，他回去上班的時候，留下了兩本書給我，讓我好好看，不要弄壞了。

我天天找葉香，問：「妳阿兄什麼時候轉來？那兩本冊我讀完了。」

「我也毋知，伊轉來要請假的，伊那裡毋好請。」葉香說。

「對了，恁家對門那間厝，怹家有冊。我在怹家書架上看到的。」葉香說。

「妳去怹家衝啥？」

「怹家有一個讀中學的囝仔，想找我阿爸鬥相共做一道題。我阿爸當時無在厝，我阿母叫伊把題留下，等我阿爸做完後，是我送去怹家的。」

「冬時閣去？找我做伙。」我馬上說。

「那要等他閣再問我阿爸問題，我毋知影正確時間。」葉香為難的說。

過了兩天，葉香手裡拿著三本書，遞給我說：「人家講了，袂使看髒去。」

我接過一看，是「福爾摩斯探案系列叢書」——《巴斯克維爾的獵犬》、《四簽名》、《血字的研究》。我欣喜若狂的抱在懷裡一會兒，然後開始看。

三天後，我看完了，還把書的卷頁都整理好，弄得乾乾淨淨的。可惜那家也就這三本書，還是從外地親戚家拿來的。

除了學校的書外，我看了六本文學書。書中的故事，讓我知道世界很大，我了解了世界的一些故事，這是別人所不知的一切，我自豪，我渴望。

我最喜歡福爾摩斯了，書中的福爾摩斯遇事冷靜，愛思考，我就想學他。

想著要是有案子發生，我會不會破案？可一想，那是大人的事，人家不會讓我參與的，這些離我很遠。我還是想想到哪裡能借到書吧。看了福爾摩斯破案的故事後，我遇事學會了分析。葉香家為什麼會有書？我像福爾摩斯那樣，做出判斷。

結論是她爸爸有受過良好教育。

有文學素養的家庭有書，那我就想想，誰有文學素養？誰有文學素養，誰就會有書。我把我家這條街想了一遍，全是礦工，都沒讀過幾本書。

我把書翻得嘩嘩響，也想不到一個人。

還是寫作業吧，我拿出課本，看到課本，我突然一拍大腿，有了，老師呀，我怎麼沒想到呢，我們老師有高學歷呀。

可我們老師有沒有書呢？我又在分析，想辦法多接觸老師就行了。

我是小組長，小組長天天收作業，然後送去給老師。等老師批改後，我再發下去。這差事我可喜歡了，沒想到，現在終於能派上用場。我興奮極了。

再送作業的時候，我就在他的辦公桌上四處尋找，可他的桌上除了課本、作業本外，就是墨水和粉筆盒了。

我再往下看去，看到了他的抽屜，可那抽屜鎖著。為什麼上鎖呢？福爾摩斯的故事告訴我，凡事都有原因。裡面的東西，需要保密。我有了結論。什麼東西不想讓別人看呢？錢嗎？也可能。要是書該多好呀，我想。

有一天我送完作業，剛要出去，這時外面有人喊老師，老師出去了。

我一看，那個抽屜半開著，再往裡細看，我看到了什麼？

「《半生緣》，《傾城之戀》。」我唸出了聲。我太震撼了，就跟我在葉香家看到床上擺著幾本書一樣，那畫面光輝燦爛，我的心都要跳出來了。老師很快回來了，他看了看我，又把抽屜鎖上。

「老師，能借我看一本嗎？」

「妳看不懂。」老師仍要鎖抽屜。

「能，老師，我認識很多字的。」我的手拉住抽屜，不讓他關上。

「這是大人看的書，不適合妳看的。」

「能。」我不想錯過機會，堅持不讓他關上。我都好長時間沒有新書可看了，急死了。這機會千載難逢，除了老師，我再也找不到有文學素養的人了。

「這個……」老師想說什麼，我不讓他往下說。突然靈機一動，我馬上接著說《血字的研究》、《四簽名》、《巴斯克維爾的獵犬》……我一口氣全說了出來，就怕他一不小心把抽屜鎖上。

「啊？福爾摩斯？妳怎麼……」老師又驚又喜的問我。

我剛想說葉香的家裡有，可我住口了，我不能這樣說，一說怕給葉香家帶來麻煩，那我還能看到她家的書嗎？

能看出來，他也想看我說的這幾本書。

「老師，換，怎麼樣？」我怕他猶豫，抓起最上面的一本書。

老師猶豫了一下，然後就笑了，他把手鬆開了，我拿起《半生緣》就往外走，生怕他後悔，不一會兒就跑回了班上。

老師在後面喊什麼我也沒聽清，我的耳邊只有風流動的聲音。

快到班上時，我故意背著手，把書藏在了衣服裡。

後來我把老師介紹給葉香的哥哥。從此我和老師有了祕密。

露一手

我老想著福爾摩斯。總是想像著福爾摩斯抽著菸斗，在房間裡走來走去的樣子。我學著他在我家的小屋子裡，來來回回慢慢走，那叫踱步。

「妳有看到無？這叫踱步。偵探思考問題的時候攏按呢。」我跟麗霞說，她看我說得挺投入的，很佩服我。

「妳在書上學的？」麗霞問我。

「好多呢，妳等我跟妳講……」我也笑著說。

「將來，我希望自己有一間大大的書房，然後我就在裡面踱步……」

我們幾個湊到一起，我跟他們說。

「會的，妳一定會有一間大大的書房。」時雨非常認真的說。他上中學了，和我們在一起的時間少多了。

「常常講自己變巧了，妳欲按怎證明給阮看？」俊彥說。

我天天講故事給他們聽，講得自己都沉醉其中了，常自誇。我讀了這麼多的書，肯定有本事呀。可我怎麼證明自己是有本事的呢？我想到了福爾摩斯的偵探能力，他綜合一些線索就能猜出人的職業等。這個簡單一些，我也想在這方面試試。

我開始觀察人，我發現我們老師長得就像老師，人長得乾乾淨淨的，上衣口袋裡插一支鋼筆。我後來問老師，是不是插鋼筆的人都是有學問的。

「不一定吧？我有看過修鋼筆的，插兩三支呢。」老師說。

我一想也對。我們老師可好了，從不打擊我們的自尊心。

「安格，妳天天腦子裡想什麼？」老師也笑我。我搖頭就跑。猜職業。我定下了目標。

這個星期天，我約他們一起去俱樂部玩，這裡人多，一到晚上，就有一堆人在這裡走來走去的。

「我今仔日欲給恁知影什麼叫做真正的讀冊人。」我搓搓手說。

他們四個都笑，麗霞說：「讀冊讀到起笑了吧？」我沒理會她，注意著來來往往的人，看哪個有明顯的特徵，能讓我猜出來職業。突然我看到一個穿著灰色夾克的中年男人走過來，他有點胖，手裡拿著一捲紙。我再端詳他衣服，我看到他袖子上有一片油漬。

「對，就是伊了。」我心裡說。

「緊看，緊看，就這個人，恁猜看看伊是衝啥的？」我說。

大家都盯著那個高個子胖男人看，他呢，也向我們這邊快步走來。

「餐廳的師傅。」我一拍手，肯定的說。他們都看著我，一副不明白想探究的樣子。

為了證明自己的正確性，我迎上前去問他：「哎，阿叔，請你停下，我有代誌，你咁會使鬥相共一下？」高個子胖男人站住了，看著我們幾個。

「哦，囡仔，妳有什麼代誌？」高個子胖男人說。

「我，我就是想欲問你是做啥的。」那人看了我半天，說：「囡仔，妳問這欲衝啥？我是煤機廠的電器工程師。」

「工程師？」我重複了一下。我回頭看他們，他們在笑。錯了？不該是餐廳師傅嗎？

「我閣猜講你是餐廳師傅呢。」我有點遺憾的說。

「妳怎會按呢想？」他有點奇怪的問我。

「你看，你的衣服袖子這樣髒，我掠做是煮飯時弄的呢。」我沒敢說他又高又胖。

他笑了笑說：「戇囡仔，妳轉去厝內看妳阿母煮飯就知影了，煮飯的人，反倒是最乾淨的人。」

他們幾個笑的聲音更大了。

「我欲轉去看我阿母。」我轉身要走。

「妳的方法毋對，妳應該先看妳阿母煮飯後，再判斷煮飯的人。莫灰心，安格。」葉香想了一下說。

我點頭，覺得葉香總結得真對。今天的試驗失敗了，我在想是我的觀察方向不對還是角度不對，看來，我更應該細心的看書。聽葉香的建議，先看媽媽怎麼做飯的。

「無代誌啦，安格，妳莫著急，妳讀的冊一定有路用。」麗霞朝我喊道。

「安格，妳放心，將來妳一定會有間大大的書房，我保證。」時雨說。

我的心情一下子好了起來，大家對我真好。

我想馬上回家，觀察我媽媽做飯，看看是什麼樣子的。

回到家裡，媽媽正在做飯。我來到她身邊，細細觀察。媽媽戴著套袖，衣服很乾淨。衣服上面一點灰也沒有。

看來做飯的人，衣服可以是乾淨的。那人說得對。我二姐安小西只說了一句話：「人不可貌相！」

真是的，穿得很漂亮的，長得也肥頭大耳的，袖子上還有一些油漬，竟然不是餐廳師傅，而是工程師。

工程師也挺了不起的，那是有學識的人，可他的上衣口袋根本就是空的，沒有插一支鋼筆。

看來我讀的書還不夠多，以後還要加油。

「醒醒吧，整天在那裡黑白想，有一天變戇了欲按怎?」安小西聽我講完在外面發生的故事，笑著說。不過我覺得好幸福，我一直沉浸在一個美好的世界裡，在那個美好的世界裡，我參與了那些事情的發生，我也相信一定會有更多有趣的故事存在。我現在就處在這些故事裡呢。

我發現自己一下子長大了，我的世界裡多了陌生的一切，他們在悄悄影響著我的生活和我的思想。

世界如此之大，有那麼多我們未知的東西等著我去發現，這一定是老師說過的夢想……。

看露天電影

前幾天，時雨帶著他大弟來找我，他大弟是後媽帶來的，本來在農村上學，到礦裡後，課業一直跟不上。

時雨平時應用題學得不好，他怕講錯。

「安格，我阿弟仔有幾題袂曉，妳幫伊看一下。」時雨把簿子遞給我。

「多謝阿姐。」那個小男孩見我就說好聽的話。我也很高興，能幫時雨的忙，讓時雨的後媽感謝他，我滿喜歡做這些事的。

我看向他，表示他做得對。他懂了我的意思，說：「我阿母也挺累的，是我阿爸毋好。我阿爸愛賭博，我阿母要養家，照顧阮的衣食起居，伊也毋容易。」

我知道這就是時雨說的他要努力做的事。

他後媽撕他的作業簿用紙捲菸抽，所以他的簿子總是不夠用。他的作業簿都是兩面用的，前面寫完了，後面再接著寫。老師說這樣對眼睛不好，可他沒辦法。

原來我常送給他乾淨的簿子，現在他不要了，他說他後媽不撕了。

「我二姐安小西講，人要自己有本事，才會使獨立於天下。你要做一個有本事的人。」

二姐安小西也是我的榜樣。我喜歡安小西的豪言壯語，和她一樣，我也要做有本事的人。

在安小西的眼中，只要功課好，就沒有解決不了的問題。後來我知道了，這個世界上還有更多複雜的事呢。

我剛對他大弟講了解題思路，他一下子就懂了。我誇他聰明，他很高興。「以後有袂曉的，就來找我，免讓你阿兄帶著，知影無？」我笑呵呵的跟他說。

時雨又來找我，說他大弟的國語老師在班上稱讚他了，他拿給我看看，讓我也替他高興一下。

我在作文本裡看到老師給他的作文評了優秀。

作文題目是〈我最喜歡的人〉。

裡面寫了哥哥為他們做飯，哥哥像姐姐。哥哥督促他們好好讀書，哥哥又像老師。哥哥帶弟弟們玩，是個好哥哥。等他長大了，要讓哥哥娶個天天會笑的大嫂。感情很真，字也寫得很漂亮。

看到後面，我笑了，時雨臉紅了。

時雨說，他後媽對他好多了。他也想幫弟弟們，他們不打架了，都團結了，大家開開心心的，這是一件多麼幸福的事。

他說他大弟這麼懂事，也是想讓我看看，他努力過了，就會有改變。時雨和弟弟們好了，和後媽關係就更好了。以後的日子裡，我只聽他說我媽我媽的，再也不說我後媽這樣的話了。

我為他高興，我發現我們的生活越來越好了，我們都很幸福。

「今仔日暗時有露天電影，較晚妳叫上他，咱做伙去。」時雨又說。

晚上吃完飯，我和麗霞、葉香、俊彥，還有俊彥的妹妹美芳，一起去後院找時雨。

「來了？緊進來。」時雨的後媽讓我們一一坐下，一屋子全是人，床上床下全是人。她拿出一小袋瓜子。

他們家平時說話的聲音都大，這樣正常說話，我還不太習慣。我望向時雨，他說：「我阿母講多謝妳幫我阿弟仔講題。」

「安格，多謝妳，以後要常常來阮家玩呀。」時雨的後媽看上去也挺高興的，對我們很熱情。

出來的時候，時雨的後媽還幫我裝了一把瓜子。囑咐時雨照顧大家要一起同行，千萬別走丟了。

時雨帶上了他的四個弟弟後，我們的隊伍一下子就龐大起來，浩浩蕩蕩的出發了。

一路上，就聽他的四個弟弟互相嘲笑，但話裡能感覺他們是善意的，他們是團結的。

「查某的在頭前，查埔的在後壁。」我們並排走，占了一條道，時雨和俊彥喊。

我們四個女生在前面，後面是六個男生，他們說要保護女生，以後女生都接受他們的保護。

很快我們就到了俱樂部廣場，廣場上來了許多人。

「好佳哉咱來早了，抑若無這麼多人，緊歹占到頭前的位置。」時雨領著大家好好站著。

來看電影的人好多，這個露天電影在俱樂部的操場上，俱樂部裡面平時也演電影，但進去裡面看電影要花錢，我們才捨不得花錢。

時雨拉著他的弟弟們，俊彥抓著我和美芳的手。我抓著葉香，葉香和麗霞緊緊靠在一起。我們都幹勁十足，擠呀擠呀，就擠到前面去了。

一會兒，螢幕上開始放映著雪景。

「雪真大，臺灣很少看到。」俊彥和我看到螢幕上出現的漫天大雪感嘆道。

「那按呢他一定也很寒。」我又說。

冬天除了冷，其他都不錯。冬天也有許多好玩的事。

「他穿的軍服真緣投。」俊彥羨慕的說。

「這個人有夠歹。」麗霞感慨的說。

「伊真好看。」葉香感嘆。

看個電影，我們開始七嘴八舌的議論，都覺得自己很有學問。這場電影看得好開心呀。

電影散場了。一大群人一起往外擠，我被擠得站不住腳，鞋就被人踩住了。我掙脫半天，拚命叫喊，可那些人停不下來，還是往外擠我。

我突然覺得腳下一涼，發現自己的鞋沒有了。

「我的鞋仔無去了。」我站在那裡喊。人群還往外擠。

「我的鞋仔無去了，我的鞋仔無去了。」我沒完沒了的喊。

他們幾個停下來，還是時雨想的辦法，他把他二弟的鞋讓我穿上，他背起弟弟，我們一起回家了。

兒童團團長不好當

「看個電影閣會使把鞋仔用無去，妳實在有夠厲害呀。」媽媽笑著埋怨我。

第二天晚上吃完飯，時雨進來了，他一進門就喊：「猜看看，這是啥？」

「給我，給我，緊給我。」他長高了許多，看上去可像大人了。時雨把手伸過來。

「哎呀，太好了，你是在佗位找到的？」是我丟的鞋。

「俱樂部廣場。」

「我二兄講你給老師罵了，伊講你下早仔太晚到，原來你頭早就出門幫我找鞋仔了？」

「是的，我想較早去，趁天猶未全光的時候，人少。我就找到了，本來我走得緊，應該是會赴，猶毋過腳扭一下，只好用行的去學校了。」

「多謝呀。」我高興的說。

「對了，這個給妳。」他又遞給我一個很新的口袋。

「你去佗位找來的？」

「跟鞋仔做伙撿的。」他告訴我，廣場上好多東西，有口琴、手套、糖果、口袋等，他還說，等下次再演露天電影時，第二天我們早早去撿東西。

我馬上把這個好消息告訴了麗霞和葉香。

「好佳哉妳把鞋仔拍毋見，抑若無咱攏毋知有這款好康的。」

「毋對，好佳哉時雨去給我鬥找鞋仔，才會使發現這件代誌。」葉香對這事最感興趣了，她覺得太好玩了，比撿破爛有意思多了。

下午我就感冒了，可沒當回事，沒想到晚上加重了。晚上吃完飯，媽媽讓我喝了滿滿一大碗的薑糖水，還把厚厚的被子蓋在我身上，說捂出汗就好了。我待在被子裡，忍得好難過，就盼望有人來看我。門響了，我一高興，就探出頭去。媽媽看到了，說：

「蓋好，毋聽話，明仔日就免去學校了。」我趕緊又回到被子裡。

進來的是公所阿姨，她到誰家來，通常是有大事要宣布。今天她來我家了，媽媽以為要開什麼會了呢。媽媽拉她坐在床邊，拿過菸盒，讓她自己捲菸。

「安格在佗位？」阿姨坐定後，問媽媽。我一聽是找我的，有點小激動，就盼著她快快說話，我快要受不了。

「伊、伊是按怎？」媽媽緊張的問。

阿姨說：「頂頭要求各公所成立童軍團，我想了一下咱這裡的囝仔，感覺恁家的安格最適合做團長。她熱心腸，心細，閣會曉思考問題。上重要的是，伊知影關心別人。」

「我咁會行？」我一下從被子裡衝出來，推開身上的被子，湊到她跟前，我的舉動把她嚇一跳。

「夭壽，妳這孩子是從佗位走出來的？」阿姨一邊往後躲，一邊驚訝的說。

四年級了，平常在班上是小組長。小組長的職責是收作業，不交作業的就把名字記下來給老師。

現在讓我當團長，這樣大的事，放在誰身上，誰能不激動呢？

阿姨說了一些話，大意是配合大人做好治安協調什麼的，我一激動，什麼也沒記住。我不顧媽媽的反對，穿衣下地，綁好鞋帶就往外跑。

我要把這個好消息馬上告訴我的朋友，我要當團長了。

我先喊出麗霞來，她離我家最近。接著我安排他們互相通知。比如我讓麗霞通知葉香，再讓葉香和麗霞通知後條街的時雨。葉香、麗霞和時雨再隔著柵欄喊俊彥就行了。

我不能去通知，我現在是團長了，我就站在我們這條街的邊上等人。人一會兒就到齊了。我站在大家前面轉來轉去的，想怎麼說第一句話才能讓他們和我一樣激動。

「告訴你們一個好消息……」我看了看他們，故意停頓了一下。

他們四人你看看我，我看看你，有點莫名其妙，都等我往下說。

「我欲做童軍團團長了。」說完這話，我就等著大家的反應，可是，他們的樣子一點也看不出激動呀。

俊彥先說話，他說話前，還搖了搖頭，說：「做團長的應該是查埔的，查某的咁會使？」

葉香也說：「妳咁會行?妳也毋是一個膽大的人呀。」

麗霞接上來說：「是呀，走得也無緊。遇到歹人的時候，妳就要走呀。」

「做童軍團團長要帶頭衝鋒陷陣，以身作則，袂使只想著走。」我向麗霞翻了一下白眼，她才住口。

我一咬牙看著時雨，希望得到他的支持，他說：「哦，妳歡喜就先試試看，閣再講，許多代誌學起來也無困難。」

「對，沒膽是會使訓練的。我有優勢，我讀冊好。好讀冊的人攏有智慧，有智慧才會當做好頭人。」我想了半天，找出這些話來應對他們，心裡覺得自己有點吹牛了。

我膽子是有點小。前段時間，公所通知演習，家家戶戶挖防空洞，我家在房後的院子裡挖個小地道。

媽媽還買了一些餅乾，說要在地道裡過一段時間。然後我們就在家裡等通知。

那天下午兩點多的時候，空中拉響了警笛。我們全家人迅速來到地道口，扶著梯子一個一個下。輪到我了，當我看到下面黑黑的樣子，就是不敢下。

「安格，較緊，免驚，阮攏落來了。」他們在下面喊我。

「我無愛，阿母，我毋敢落去。」我轉身就往窗台上爬，鑽進了屋裡。媽媽在勸說了幾次後，終於放棄了努力。

「我去頂頭陪安格。」媽媽對著下面的人說。

我和媽媽就坐在屋子裡，不知等了多久，外面又響起了警笛。

警笛聲告訴我們危險解除了，大家是安全的。

「安格，妳咁知影？若是真有防空彈落來，妳跟阿母就完了。」安小西上來就罵我。

「啊？咁有影？阿母，咁是按呢？」我一想到原來是這麼危險的事，就哭了起來。

「安格，莫哭，無代誌了。阿母袂使把妳一個人留在危險中，咱要做伙。」

透過這件事，我告訴他們，我一定會變得大膽的。我要練！

可怎麼練呢？這又不是練字什麼的。我正思考時，麗霞又出了個主意。

「聽我阿母講，吃啥補啥，妳欲訓練膽大，就得呷苦膽。」

他們都表示支持我的工作，我就讓他們回家了。

「阿母，我欲練膽量，妳講我應該呷誰人的膽啊？」我忘了問麗霞苦膽上哪找了，回家問媽媽。媽媽正在喝水，她一聽我的話，嗆得把水噴了出來。

有那麼好笑嗎？我不解的看著她。

媽媽發現我不高興了，馬上收住笑說：「好好，妳想欲變膽大，阿母有辦法。誰的膽咱攏莫呷，從今暝開始，去接妳阿爸下班，阿爸十二點左右到厝。」

晚上接爸爸？

爸爸的工作分為早班、中班和晚班。每月每個班平均十天。我過去沒留意過爸爸的工作，現在才知道爸爸晚班的時候，到家是夜裡十二點。

老師和我們說過：井下作業很危險，安全措施差，出事故是常有的事。他讓我們學會關心爸爸，爸爸上班不容易。

午夜十二點？一想到黑黑的天，我的心抖了一下。爸爸不害怕嗎？難道爸爸上了這麼長時間的夜班嗎？我算了算，快二十年了。

媽媽婚後的日子就是日復一日、年復一年的在擔驚受怕的等待中度過的嗎？爸爸每次帶回的麵包和蛋糕，那是國家給煤礦工人的特殊待遇，我根本就沒看到媽媽和爸爸吃過，都給我們五個吃了。

一瞬間，我的心好痛好痛，我對爸爸媽媽的關心太少了。

媽媽進屋看我發呆的樣子，對我說：「安格，免去接妳阿爸，阿爸攏有阿黃作陪呢。」

阿黃是一條狗，從不咬人。牠每天在小街上走來走去。牠的主人家和我們家相鄰，平時爸爸總是隔著牆餵牠。阿黃和我爸可好了，每到爸爸下班的時間，牠都去大路上接爸爸，好像牠是我們家養的呢。最開始的時候，阿黃在礦區的煤機廠附近接爸爸，後來牠知道了爸爸下班的路線，從原來的離家兩百多公尺到離家五六百公尺處的學校附近接爸爸。

接到爸爸，牠就在前面帶路。爸爸就假裝不認識路的樣子，跟在牠後面。他們一前一後走到家，爸爸到家了，阿黃再回自己的家。

我出門找阿黃，看到高高大大的阿黃，就有了勇氣。我拍拍牠的頭說：「我以後呷肉的時候，也分你一點點肉，骨頭全給你。今暝，你陪我鬥陣接阿爸。」

天快黑了，我就拿著小板凳坐在門口等天黑。天黑得好慢呀，我有點睏了，忙回屋一看，啊，天哪，才八點鐘。

再堅持一會兒，我對自己說。可我的上眼皮和下眼皮開始打架了，我站起來，從東邊走到西邊，慢慢的走。我回屋一看，九點半了，天完全黑了。

媽媽喊我回家，我也不回，我要堅持到十二點。秋天涼意很重，我回家又拿了一件姐姐的衣服，披在身上。

可我越來越睏，走一會兒，坐一會兒，再走一會兒，再坐下來。

爸爸每個月有十天要這麼晚回家，爸爸好辛苦呀。

爸爸拿回來的麵包，應該是爸爸的晚飯吧?那一瞬間我知道，我有著世界上最好的爸爸和媽媽。他們是那樣愛我們，有一點好吃的都留給我們。我在陣陣的內疚中睡著了，聽說還是大姐把我背回屋的。

爸爸仍然是阿黃接回來的。

早上醒來看到爸爸，我有點不好意思，很大氣的說：「阿爸，你就在井下呷麵包吧，以後免閣拿轉來厝內了，阮無呷也無要緊。」

爸爸疑惑的看著我，媽媽說了昨晚我要去接爸爸下班的事，爸爸看看我，高興的說：「安格大漢了，也懂代誌了。阿爸暗暝轉來毋驚，免妳接的。」

媽媽也笑著說：「是呀，安格，妳好好讀冊就會行了，以後阿爸阿母閣要靠妳養呢。」

「放心吧，我以後一定會養恁，把恁攏養得白白胖胖的。」我拍拍胸脯豪氣的說。

要當福爾摩斯

當上童軍團團長以後，公所阿姨也不來找我，她不給我分配具體任務，我就不知道做什麼，只好三天兩頭去找她要任務。

阿姨說，快過年了，派出所加強了巡邏，治安挺好，暫時沒什麼事。

可我閒不住，放學總去她家。這天公所阿姨說，上級交代，最近誰家來客人，要匯報。因為有不肖分子作案的，各地配合警察機關抓壞人。

我領了任務就回家了。阿姨家的大表哥來了，他送豆沙包和年糕來了，看到我回來，還挺高興的，說我長高了。這時，我突然想起主任說的話。

看了看高瘦的大表哥，心想：公所阿姨說了，家裡來了客人要去向她匯報。其實是我對大表哥印象不好，他不孝順，對我阿姨不好，總偷偷跟我媽借錢，借了也不還，媽媽還不敢告訴阿姨，怕阿姨生氣。

我回頭就往外跑，媽媽喊我，說馬上要吃飯了。我報告了公所阿姨，阿姨問了我大表哥一些事，然後說：「妳轉去吧。」

我告訴公所阿姨的事，我跟誰都沒說，不知媽媽從哪裡知道了，結果罵了我一頓：

世界的視窗

「妳怎麼這細漢就學人告密，大漢以後閣想欲按怎？」

我嘟囔著辯解：「是公所阿姨叫童軍團團長監視各家來人。」但媽媽沒理我。

有一天，麗霞的姑姑和姑丈從臺中來了，她姑姑分給我們幾塊番薯乾，我嘴裡吃著，卻望向麗霞的姑丈，姑丈是男人，男的容易是壞人。我偷偷告訴了公所阿姨。

阿姨來麗霞家調查了一下，結果發現什麼事也沒有。

麗霞知道後，和我生氣了，想跟我要回番薯乾，可我吃了，還不回去。媽媽叮囑我，以後不許亂打小報告。

後來俊彥的親媽來了，我可沒去匯報。沒事做，我心裡空落落的。

我天天想著找事做，可總想不出來。沒辦法，我只好召集他們開會，他們一點也不愛開會，我讓二哥幫我多找些人來加入，擴大我們的團隊。可二哥說他是國中生了，不能當童軍團團員了。太小的孩子我們不想要，他們不懂事，總問發不發好吃的。看他們幾個不情願的樣子，我只好小心翼翼的問。「時雨，你是按怎？」

「阮家昨暝遇到賊仔了。」

「遇到賊仔？」阿姨明明說治安好，派出所有人巡邏呀。

「什麼東西無去了？」

「一袋豆沙包。」時雨說。

「阮家也遇到賊仔。」葉香接著說。

「妳呢?敢講恁家也有東西拍毋見?」我對大家的冷漠很生氣，就瞄向麗霞。

「阮、阮家無東西拍毋見。」麗霞說。

「太好了，有代誌做了。」我的笑聲讓大家一愣，他們一定以為我瘋了呢。

葉香不高興了，她說:「安格，妳怎麼會使按呢?別人厝內有東西無去了，妳閣這麼歡喜。」

「毋是啦，我的意思妳毋懂，我是講，咱有代誌做了。咱來想辦法破案，把無去的東西找轉來呀。」我馬上安撫她。

他們幾個像看怪物一樣看著我，搖搖頭。

「妳怎麼曉破案呢?那是警察局的代誌。」

「對呀，警察攏是查埔的。」

「賊仔攏是歹人，妳咁敢抓?」他們你一句我一句不停的說，意思就是我不行。有什麼不行的，我看過那麼多偵探小說。福爾摩斯能破案，我怎麼就不能呢。

福爾摩斯叼著菸斗，在狹小的房間裡踱步，我也會呀。

我開始分析我們這個小分隊的成員。

葉香的知識面很廣，她思緒縝密，人又細心，可以當參謀。

麗霞熱情、積極、聽話，我可以讓她做點事情。

俊彥冷靜，粗中有細，不計較小事。

時雨跑得快，抓人肯定沒問題。我一高興，就讓他們回家了。他們一下跑沒影了。

回家後，我拿出本子來，開始整理案子的由來：

報案人：時雨

遺失物：一袋豆沙包

發生時間：晚上到凌晨

嫌疑人：附近鄰居

報案人：葉香

遺失物：不明，忘了問她丟什麼東西了。

發生時間：晚上到凌晨

嫌疑人：附近鄰居

我開始思考以下問題：

第一個問題：什麼人會對一袋豆沙包感興趣呢？第二個問題：為什麼選擇晚上作案呢？後來一想，大白天沒人敢出來偷東西。

有了第二個答案，我現在只需思考第一個問題。

一到冬天，尤其年前，家家都做豆沙包，發糕的。冬天冷，做好後放煤棚裡凍著，什麼時候想吃，拿出來放鍋裡熱一下就行。

媽媽家的農村親戚一到年底，就會送來給我們。媽媽有時也在家裡做，這樣的東西

童年

大多數人家都有，為什麼還會有人偷呢？偷的人肯定是家裡沒有的，而且還是愛吃豆沙包的人。

這樣的人家不多，應該好找。我一下子想通了問題的關鍵。

偵探小分隊成立

第二天，我又召集大家開會。我說：「咱會使從書上學，福爾摩斯破案時，邊仔有一個貝克街偵探小分隊，這個小分隊也是幾個小孩子組成的。怹替福爾摩斯收集情報，咱也成立偵探小分隊，我是童軍團團長，當然就是福爾摩斯，恁聽我指揮，幫我收集線索。」

「那妳……」我一看麗霞要說話，就瞪了她一眼。

我就知道她想說我膽子小、跑得不快的事。我是團長，要做的是直接分配任務。

「恁幾個要配合我，相信咱一定會破案。」我追問道：「時雨，恁家除了一袋豆沙包無去以外，閣有什麼東西無去了？講較清楚一點。」我拿出了筆和本，認真寫起來。

「阮家就拍毋見一袋豆沙包。」時雨說。

「一袋豆沙包？毋是什麼大代誌呀。」麗霞說。

「葉香，恁家什麼東西無去了？」我又問葉香。

葉香忙說：「也無啥，也是小東西，拍毋見就拍毋見吧。」

「按呢袂使，東西拍毋見代表治安無好，咱要配合公所的空缺。」我說。

「按怎找？也毋知是誰偷拿的呀。」麗霞說。

「那也要試看看，一點點分析，等咱破案了，公所阿姨就會來給咱呵咾了。」

我想葉香家是第一家，就從她家開始吧。

「葉香，妳咁佮意呷豆沙包？」

「閣會使吧。」葉香想了一下回答我。

「哦，按呢就是佮意了。」我在小本子上記著。

「妳昨暝攏去做啥了？」我放下筆看著她，繼續問。

葉香看著我說：「妳衝啥呀？妳怎麼審到我頭殼頂來了？」

「咱這條街攏有嫌疑呀，恁家是第一間，我一定要從恁家開始。我知影妳無做，猶毋過妳咁會使保證妳全家攏無做？」

葉香張大嘴還要說什麼。

我馬上接著問，不給她說話的機會：「這個時間恁全家在衝啥？」

「睏。」葉香賭氣的說。

「這個這個，這個妳咁會使保證？保證妳睏了，妳全家攏睏了？」

「我阿母神經衰弱，真歹歇睏，有時候暗暝會醒來。我阿爸平常早早就睏了。我阿兄轉去伊公司了。我阿弟仔是一個天黑就會睏的人。」

「哦，妳阿母有時半暝會出來？」我覺得這是個疑點，馬上記錄下來。

「妳黑白寫啥？我阿母半暝會醒，毋是三更半暝會出來。」葉香生氣了，她甩著臉就走了。

葉香不太配合，就問這麼點事，還那麼生氣，真是的。女生太小氣，我決定接下來問俊彥。吸取了與葉香談話的教訓，我和俊彥談話就講了點策略。

俊彥又在擺弄一把小刀，他前幾天做了一個風箏，可是我們試飛時，飛不起來。他說一定是做厚了，他要再做個薄的。

他把小刀收好，對我說：「問吧，問吧。」一副毫不在乎的樣子。

「這個，這個，我是想欲問你，你是毋是對我做童軍團團長有意見？」

「無呀，誰做團長攏會行呀。」俊彥很奇怪的看著我，好像我提了一個多麼可笑的問題。

我馬上接著問：「按呢我的空缺，你咁有支持？」

「支持，放心吧。」一聽到他說支持我的工作，我就放心了。

「按呢你希望我較早破案吧？時雨怹家拍毋見一袋豆沙包，我想欲給伊找轉來。」不等他回答，我又接著問。

「啊，我上討厭呷豆沙包了，沙沙的，阮家從來毋做。」

我一聽他說不愛吃，心想：這事可能和他無關了。但這樣也不行，不能放過任何一個人，我看書上這樣寫的。

「按呢你昨暝做什麼了？」

他看我往小本子上寫字，就問我：「妳寫啥呢，妳真的認為自己會使破案？」

「拄才你攏講支持我的空缺了，你就回答我兩個問題吧。」我鎮靜了一下，一定要堅持下去，我對自己說。

「昨暝你攏做啥了？」

「睏呀，哈，妳講三更半暝的，毋睏，會衝啥呀？」

「你確定一直在睏？」

「半暝起床上便所咁不行？」他說。

我一時語塞，看來破案的事不太容易，根本不像書上寫的。為什麼書上寫的和我遇到的事情不一樣呢？書上寫福爾摩斯出來找線索的時候，問到每個人的時候，那些人都主動配合。這樣福爾摩斯發現疑點後，綜合分析就能破案了。

「好了，安格，有些代誌就交給派出所負責，妳一個小學生，佗位來的本事呀？」俊彥扔下我就回家了。

我剛看一眼麗霞，她馬上擺手說：「妳莫問我，妳也知影天一黑我就愛睏，我什麼攏毋知。」

「那……」

「我也無愛呷，阮家每年攏有親戚送糕，一點也不好呷。」麗霞不停的說，把我的問題全堵住了。

「安格，妳的方向毋對，妳怎麼審起阮來了，阮攏是時雨的好朋友，袂偷拿伊家的東西呀。」葉香質問我說。

「我知影恁是時雨的好朋友……」我也發現自己有問題了，一時不知怎麼往下說。

「我、我……我得先從恁開始呀，妳想，我經驗無夠，先從恁這裡開始，有做毋對的所在，閣請恁多多指教了。」我很快給自己找了個藉口。

「好啊，妳拿阮做白老鼠呢。」麗霞又笑了。

案件頻發

不得不說，這事跟我們之間的任何人都沒有關係，誰也不會偷東西。
看來我被這幾本書弄得走火入魔了。
我還在想福爾摩斯，決定出去散步。人家福爾摩斯一出去散步，回來就有辦法了。不一樣的是我沒有菸斗，也沒有像華生那樣的助手。
變裝術！我剛走了幾分鐘，突然想到了福爾摩斯的變裝術，這個太重要了，以前怎麼沒想到呢。可我變裝後要做什麼呢？我還沒想好。
天黑了，我找到了二哥的帽子，戴上去，看起來像個男孩子。
我想的辦法就是相信小偷還會出來作案，要是能看到小偷，我就大喊，一喊，鄰居就會出來，那樣就可以抓住小偷了。
我找了白菜根、小蠟頭、一團棉花。別小看這些工具，這是我們發明的火把。具體的就是把棉花放在白菜根裡，把蠟油滴上一點，點上火，在黑夜裡也是很亮的。
我走出家門，在門口左看看，右看看。哦，天有點黑呀，好想縮回來。
但一想到萬一能碰上小偷作案呢，那不就破案了嗎？

我不敢走遠，但出來了，就圍著這條街轉一下吧。我打算從東面走到西面，再從西面走回東面，最後回到我家門口。我走了一小會兒，手裡的火把快滅了，心想：算了，回家吧。破案真難呀。

剛走到我家門口，正要伸手推門，突然有個人從我家柵欄上跳出來，手裡拎著什麼東西。我嚇得不敢動，也不敢喊，眼睜睜看著他跑遠了。

這時，我聽到媽媽的聲音：「安格，安格妳在佗位？」

我一步一顫的往回挪，到了院內，我扶住門框，有氣無力的說：「阿母，叫阿爸出來吧，咱家遇到賊仔了。」

「啊？」媽媽看到我的裝束，嚇了一跳。但她一把拉住我，說：「妳是按怎一個人走出來，閣穿成按呢？」

爸爸聽到聲音，拿著手電筒出來，聽媽媽講了和我說的話，他往煤棚子裡看看，媽媽發現丟的是阿姨家大表哥帶來的一包年糕。

我跟在爸爸媽媽後面回屋去了，心一直怦怦跳。一大早，葉香來了，可我一點也不想動。

我不敢回憶夜間發生的事，也不敢告訴大家，怕他們笑我。

「聽講恁家也有東西無去了？」

「嗯，我親目珠看到賊仔了。」我小聲說。

「妳咁無抓住？」

「我……」

「安格，我來報案。」葉香沒笑我，她乾脆利落的說。

「妳昨日為什麼毋講？」我有點奇怪。

「我拍毋見一個錢袋仔，是我用毛線織的，我驚阿母知影會給我罵，就給伊放在煤棚裡了。」

我說：「我無法度破案呀。」

福爾摩斯問案的方法，福爾摩斯的變裝術，都用過了，還讓小偷跑了。

「報案吧。妳看，時雨他家有東西無去，恁家有東西無去，阮家也是。雖然拍毋見的東西無貴，猶毋過拍毋見的家數多，公所一定會重視的。」葉香胸有成竹的說。

我一聽有道理，心裡承認葉香最聰明。我知道光靠讀幾本偵探小說破案，那是不可能的。

我和葉香去了公所阿姨家裡，她正在吃飯。

「阿姨，我是來向妳報告空缺的，我遇到困難了，希望妳會使給我指導一下。」我態度謙虛的說。

阿姨說：「好，免著急，一點點講。」

「阿姨呀，妳去拿筆跟紙，把阮講的寫落來，妳才好跟頂頭的報告呀。」

阿姨聽我的建議，拿出筆和本子坐到我們跟前，說：「什麼問題，講吧。」

「是按呢，阮童軍團在妳的指導下，正式成立，阮決定對咱這裡的治安做點貢獻，來配合公所的空缺。」我模仿著老師說話的樣子。

阿姨很高興，她在本子上寫上：童軍團工作初見成效。

我把我們三家丟東西的過程複述了一遍，阿姨聽得很認真，我還講了我昨晚看到的，一個比我高一點的男人到我家偷東西。

我還說，這三處作案會不會是一個人？因為地點相鄰。

阿姨聽我分析半天明白了，我們是來請她去派出所報案的。因為我們是小孩，擔心派出所的人不會理我們。

阿姨嘆了一口氣說：「妳看咱這個公所，雖然講有三個人，其實就我自己在無閒。一發生代誌，就找無人，恁拍毋見的這點東西，派出所袂曉立案的，我去了也無路用。」

「袂吧，東西無去是大代誌，代表咱這裡治安有問題。」葉香忙說。

阿姨說：「妳講得也對，我下晡就去派出所。」

意外破案

「我佮意福爾摩斯，我要做查某的福爾摩斯。請問妳有什麼代誌需要我鬥相共?」

「我上水的錢袋仔不見了，我想欲給伊找轉來，福爾摩斯，辛苦妳了。」葉香也配合我道。

「唉，那天老師講妳的成績退步了，妳閣有時間弄這些東西?」我說。

「我是照書上的樣子鉤的，心內歡喜。我放厝內驚我阿母看到，就放煤棚裡的一個盆子裡了，想袂到那麼隱祕的所在也讓人偷拿去。」葉香的神情有點黯淡，她不提讀書的事。

「哎，妳看，生字比賽妳無得獎，我得了礦區第二名，聽講咱學校閣有一個第七名的。」我對葉香說。

破案的事我放下了，意想不到的是，作案者卻被我無意中找到了。

我去礦裡參加頒獎大會的時候，遇到了學校另一位得獎的同學，她叫李慧如。

「第二名呀，妳厝內的人一定很歡喜。」她拉著我的手說。

「嗯，我阿爸阿母可歡喜了。」

「有阿爸阿母在身軀邊好幸福呀，我只有阿兄。」李慧如羨慕的說。

我心疼的望著她，不知怎麼幫助她好，忽然說：「妳咁有愛呷豆沙包？我阿母昨日做了，真好呷的。」

「愛呷呀，我有好多年無呷過了。毋過這幾天我阿兄有拿一些給我呷。」

「按呢閣等啥，來阮家吧。」我不由分說拉起她的手，往我家跑去。

功課這麼好的女孩，又長得好看，應該有豆沙包吃的呀。我帶她回家的路上，心裡充滿了喜悅。我希望有人看到我和一起獲獎的女孩在一起。

她家離我家不遠，只隔著幾條街。但在那個時代，居住在前街和後街的，往往就是兩個世界。路過葉香的家，我開門和她家人打了個招呼。我說我帶好朋友回來了，讓葉香回來時到我家。

到家後，我拿冰豆沙包給李慧如。冰豆沙包非常好吃，啃外層凍皮時，會有一絲絲冰涼的感覺，有微微的甜。啃到豆餡時，牙齒便感到愉悅的綿軟，從口腔到胃，都有享受的感覺浮上來。

「妳看，這是我阿兄昨日給我的錢袋仔，咁有水？」

李慧如邊啃豆沙包，邊給我看她的小錢包，錢包上面繡著小兔子。

看到栩栩如生的小兔子，我的頭轟的一下子大了。我想到葉香說的話，她說她繡的是小兔子。葉香說過，她鉤這個錢包花了好長時間，手都弄出血了，有個地方還染了色。

我心怦怦跳，翻了一下，心裡期望這是她自己的錢包，和葉香沒有什麼關係。但是，我看到了包上暗紅的點。

「妳的錢袋仔真好看。」我心裡難過極了。要知道，她可是剛和我並排領過獎的好同學啊。

「我阿兄給我的，伊講伊撿的。」看得出，她很珍惜這個小錢包。

「伊阿兄撿的。」我聽到這句話，更確定這錢包是葉香的了。這可怎麼辦?我馬上想到公所阿姨，她會把李慧如抓走送到派出所嗎?

葉香來了。果然，葉香一看到那個小錢包，就像狼盯住羊一樣，兩眼放光。

李慧如拿著小錢包，翻來覆去的誇她的哥哥有多好。

葉香說：「這是我拍毋見的。」李慧如不相信，她很喜歡這個錢包。

那一刻，我忘記我是童軍團團長，忘記我要報案這件事了，我評判說：「若無，咱找妳阿兄問問，若真的是伊撿的妳就留著。毋是撿的就還給葉香。」

兩人爭得眼淚汪汪，沒有了主意，就決定聽我的話。我們一起向外走，去找李慧如的哥哥。

出門口向右走，要經過公所阿姨的家。我忽然對阿姨家產生了恐懼，怕她會忽然出來，然後盤問我們，把我們帶到派出所。

我轉向左邊說：「從這邊行吧，我要上便所。」我們平常是不走左邊的，不過左邊有公共廁所。

沒想到，李慧如忽然把錢包扔到地上說：「我不要了，誰愛誰就拿去！」說完，她拔腿跑了。

後來的情況是我沒有預想到的，有一天李慧如的哥哥出事了。

李慧如的哥哥正要偷東西時被人逮個正著，然後被送到派出所去了。

公所阿姨說沒等警察正式審問時，李慧如的哥哥就交代了，他小偷小摸好長時間了。這一帶的失竊案幾乎全是他幹的。他不僅是偷錢包的人，也是偷我們幾家東西的人，那天晚上偷我家東西的也是他。

派出所調查的情況是這樣的：李慧如的爸爸遇上瓦斯氣爆，意外死亡。她媽媽又跟一個做棉花生意的外地人跑了。家裡只有她和哥哥相依為命，兩人感情很深。

李慧如喜歡吃豆沙包，前幾天看到同學吃的時候，回家就和哥哥說了。可是她家的親屬從她爸爸去世後，就沒有人和他們聯絡了。她說她好想好想吃以前媽媽做的豆沙包。

她哥哥知道時雨家裡有豆沙包，為了妹妹，他才鋌而走險。

李慧如病了，發高燒。她的身上和臉上還起了紅色的斑點。她不能接受哥哥是小偷的事實，她和別人說她不想活了。

我知道後，嚇得天天吃不下飯，也睡不好覺。我心疼那個獲獎的女孩。

時雨來找我，他說：「我阿母講了，伊若是直接講，阮也會給伊的，免偷拿。」

「是呀，阮家有很多豆沙包，少呷一點也無要緊，我阿母聽講李慧如的阿兄因為偷拿豆沙包被抓很艱苦。」我說。

我倆央求媽媽想辦法。

媽媽去了公所阿姨家，兩人商量了一會兒，就去了派出所的所長家裡。

所長說：「囝仔郎，關兩天，給伊嚇驚一下，若無以後變成真正的賊仔就毋好了。」

第二天，李慧如的哥哥就被放出來了。

從那以後，我決定忘掉福爾摩斯，再也不想破案了。

各奔東西

這年的秋天是不尋常的，它和我上學的那個秋天一樣，在我童年生活裡留下了最深的回憶，它也是我童年生活的結束……

鋼筆的故事

鋼筆在我手裡擺來弄去的，也沒把它修好。時光在筆尖中穿梭，我們用鋼筆的時間有一年了。

現在它經常不出水，不出水我也不敢用力寫，就怕筆尖劈開，那就完全壞了。我又蘸了墨水，也只能寫出一兩個字來。

鉛筆盒裡的油筆，昨天就不好用了。裡面的筆芯明明還有一點油呢，可就是寫不出來。唉，看來我今天的作業寫不成了。

我站起來，從箱子裡拿出我的新鋼筆。新鋼筆是深紅色的，看上去高級，也很好看。但我從來沒想用它，看著它我的心裡有點亂。

它是我得的獎品，公所阿姨發給我的。它讓我腦子裡出現李慧如的形象，我不想天天看到它，幾次拿出來後，最後我還是把它放回箱子裡。

我看向外面，天漸漸黑了下來，外面的風好大，刮得嗚嗚響。

俊彥的妹妹美芳一步三蹦進來了：「安格姐，安格姐妳在衝啥？」

「無衝啥，唉，鋼筆跟油筆攏歹去了，猶未寫作業呢。」

各奔東西

「歹了？無要緊，我阿兄會修，讓我阿兄替妳修。」

「妳阿兄會曉修鋼筆？」

「會呀，頂擺我鋼筆無好寫了，伊看了一下，就幫我修理好了。」我正愣神時，她抓我的手說，「來，去阮家，正好我阿母讓我來喊妳呢。」

「我猶未呷飯呢。」

「去阮家呷，我阿母今仔日包餃子。」美芳拉著我說。

我望向媽媽，媽媽說：「去吧，莫太晚轉來。」

媽媽答應了，我也站了起來，美芳回頭把我的鋼筆和油筆拿在手裡，拉著我向外走。

「妳阿母找我有什麼代誌？」我問道。

「好代誌，我親生阿母來了。」美芳搖頭晃腦的說。

「啊？妳親生阿母？怹、怹毋、毋冤家了？」我吃驚得說話都結巴了。

「對啊，怹和好了。」麗霞拉長聲，笑著說。

「哎呀，這可是好代誌。」我替她開心。「對了，妳親生阿母來了，閣讓我去做啥？」我對美芳說。

「我親生阿母拿了許多好呷的，請妳來阮家呷呀。」

「真好。妳有兩個阿母對恁好。」

「嗯，我親生阿母頭一回在阮厝內呷飯，呷完才轉去的。」

看得出來，美芳特別高興。

「妳閣巧心肝閣好，莫講親生阿母，咱每一個人攏佮意妳呀。」我摟著美芳說。

我倆說著話，幾步就到她家門口了，她拉開大門，我們進了院子，向屋裡走去。

床上放著桌子，俊彥在桌子上寫作業。他媽媽把他書折角的部分，一點點拆開、平鋪，再用杯子壓住。這場面讓我想起歐陽老師來了。

我覺得好溫暖。

俊彥媽媽看到我倆進來了，就從桌子旁下來，走去廚房，拿出一碗餃子。

「緊呷吧，我阿母特別留給妳的。」俊彥把作業簿往一旁推了推。

俊彥媽媽也點頭，讓我快吃。他媽媽又去了院裡，拿出一些榛果給我。

「呷，緊呷。」俊彥媽媽往我手裡塞。

我被她的熱情弄得不好意思，一個勁兒的說：「好了，好了，多謝呀。」

俊彥一看我有點忙不過來，就對他媽媽說：「阿母，妳去安格他厝吧，阮要讀冊了。」

他媽媽一聽我們要讀書，連聲說好好，拿著大菸袋轉身出去了。

美芳說：「安格姐，妳咁知影是按怎我阿母這麼歡喜？」我搖搖頭。

俊彥瞪了她一眼，不讓她說。美芳吐了吐舌頭，拿過俊彥的作文簿讓我看。我一看

各奔東西

評語處有個「優」字。上次我們的作文要求寫一篇說明文，我也不會寫，就在爸爸拿回來的報紙上找相關內容，東拼一點，西湊一點。寫完後，我又給葉香的哥哥看看，他說這樣寫不行，就幫我們改寫。葉香也不會寫，她也讓她哥改。我一想，俊彥更不會寫，就請葉香哥哥改了三份。

我、葉香和俊彥，把葉香哥哥改好的作文交了上去。我們三人都得了優級。

我和葉香得優級是常事，可俊彥卻是第一次。老師告訴俊彥的媽媽，讓她多關心兒子的學習狀況，說她兒子其實很聰明。

俊彥也很高興，他說以後他自己寫，他會寫了。這次作文他又得了優。

這兩天，媽媽跟我說俊彥媽媽誇俊彥懂事了，課業成績越來越好，還說這都是我的功勞。其實，我知道更多的是美芳的功勞。他是聽了美芳的勸告，才願意跟我一起讀書的。

我也為俊彥高興，我望著他，他還有點不好意思。美芳把我的鋼筆和油筆給他說：「阿兄，你幫安格看一下。」

「好，莫急，馬上好。」他說。

「品質毋好。」我說。

「妳常常用，歹去是正常的代誌。」他還安慰我。「妳是按怎無用新鋼筆？妳頂擺毋是拿到一枝新的？」俊彥說。

那鋼筆他們都看過，都說好看，還說比我們現在任何人用的都值錢。

「嗯，我毋甘。明年讀國中閣再用。」我說。

他出去端了一盆水進來，把鋼筆水管裡的墨水全弄到水裡，然後又抽進清水，再全部擠出去，甩甩就放在一旁，看樣子是在等它風乾。

風乾後，再重新抽鋼筆水，這時鋼筆就好用了。他又把油筆拿過來，筆管裡的芯用牙齒拉出來，再把筆尖掉過頭來，往筆管裡插下，這樣筆尖沾上油墨了，再寫的時候，就能寫出字了。

「你跟誰學的？」

「自己想的修筆方法。」他得意的說。

是呀，看起來真的不難，很簡單呀，可是我們卻不會。

「你將來要做發明家，你比阮閣較巧。」我稱讚他。

我說：「今仔日的功課咁有袂曉的？」我們都坐回桌子旁。

美芳說：「有人來了。」美芳出去開門。

找親媽

「麗霞姐，妳怎麼來了？」美芳喊。

麗霞進屋就哭，我們嚇了一跳，忙問：「發生什麼代誌，妳是按怎了？」麗霞平時很少哭，她現在哭的樣子讓我們害怕。

「安格，我好驚。」她抹了眼淚說。

「妳慢慢講。」我拉她坐下來。

「我阿兄欲死了。」

「啊？妳阿兄以前也常常住院，怎麼雄雄欲死呢？有醫生呢，妳免驚。」

「今仔日我替伊送飯的時候，偷偷聽到醫生講的話了，醫生講這是腎衰竭，治不好。」

我想到麗霞家裡那個長著白白大臉、身材胖胖的哥哥，心抽搐了一下。

麗霞的哥哥也是後媽生的。

麗霞哥哥以前總住院，我們對住院的理解就是，有醫生在就沒事，過幾天出院了，就代表病好了。

可麗霞這幾天總是愁眉苦臉的，她能做的就是天天在家搶著做事，她再也不說累了。

麗霞又說她哥這次的病更重了，可能不會像上次那樣好運，要是救不回來，她媽媽會非常難過的。

我心裡想：他哥更會難過的。她哥哥才十五歲呀。醫生沒辦法，我們更沒辦法。我們也替麗霞擔憂。

「葉香，咱會使給麗霞鬥相共啥？妳緊想。」我問葉香。

「問伊阿兄咁有啥願望，咱來想辦法替他完成，伊這一生就無遺憾了。」葉香想了一會兒說。

「對呀，毋過妳阿兄有什麼願望呀？妳阿母對伊那麼好。」我說。

「只可惜毋是親生阿母。」葉香說。

「毋是親生的？」我一下子想明白了，看向麗霞。

麗霞反應也挺快的，她說：「恁說，若是我阿兄真的救袂轉來，伊的親生阿母咁會想欲來給伊看？」

「毋過伊的親生阿母在佗位呢？」

「毋知。」麗霞搖頭。

「咱給伊鬥找親生阿母？」我問麗霞。

「猶毋過妳阿母欲按怎?伊咁會同意?」葉香擔心地說。

「莫給伊講，偷偷問我阿兄。若是我阿兄想欲找，我就給伊鬥找。」麗霞平時是個沒主見的人，但這次她非常堅定的說。

我回家問安小西，她說礦山這麼小，找個人很容易的。只要在醫院的婦產科找個醫生或護士讓她們幫忙查一下當年和她哥同一天出生的孩子的名單就行。上面有紀錄，哪些孩子天生有疾病，都能查到。下面的話她沒說呢，我就想到了，在這些孩子中查查，查查哪家的父母把孩子丟棄了，一一排除就行了。看來找到他親媽並不難，難的是不知麗霞媽媽的態度。

麗霞天天想這事，今天說找，我們剛要開始行動，她又說，不找，她媽媽那裡沒動靜呢。可是過了一會兒，她又決定了，找！

我們幾個商量辦法，這次把副班長加進來了，找人得有他，他媽媽是醫院的婦產科主任。

葉香說：「這件代誌就交給副班長了，找人的代誌交給伊。」

可是第二天，副班長跟我們說，他媽媽不同意幫他，還罵了他。

我們的行動受阻，都挺灰心的。

「對了，副班長，你讓你阿母手下的護士鬥相共。」葉香提醒道。

「對，你想，你阿母負責怹，你閣是你阿母的心肝寶貝，怹一定會給你鬥相共。」我也想到了葉香的意思。

副班長跑了三天醫院，回來了。他查到了當年有三個有病的孩子，並把名單給了我們。

礦裡家家孩子五六個，同年紀的孩子是很好找的。第一個孩子腦性痲痺，現在還活著，就是右邊手臂和右腿不方便。

第二個孩子是女孩，腦積水，確定前年去世了。

第三個孩子是男孩，這男孩找不到，那家搬家了。搬哪裡去了，下落不明。

我們商量下一步怎麼辦。我又用自己的偵探思維來分析這事：一、好好的為什麼要搬家？二、搬家時帶孩子了嗎？後一個問題更重要。他們搬家會不會是因為放棄了孩子，不想讓以後的鄰居知道真實情況呢？我們幾人天天湊一起，一放學就想辦法。

「這幾個囝仔，天天問這問那的，也毋知是按怎了。」麗霞媽媽跟我媽說。我也不告訴我媽，怕她生氣，說我愛操無謂的心。

麗霞也被她媽媽罵了幾次，說她照顧哥哥不用心，不知腦子想什麼呢。

麗霞哥哥的情況越來越不好。

「就差上尾一家了，欲按怎？」

「找大人鬥相共吧，他會使調動派出所找人，咱囝仔郎無法度。」葉香說。

「按呢咁會行？麗霞，妳去對妳阿母講，若是伊同意找，咱就公開去找公所阿姨。」

各奔東西

「我想會行。若是咱先去找公所阿姨，結果妳阿母知影後毋同意，咱也是做白工。」

「欲按怎跟我阿母講呢?」麗霞自言自語道。

「妳講『阿母，妳是不是上愛阿兄?那按呢阿兄的願望妳咁會替伊完成?』」我想了想說。

「對，妳阿母一定會講『愛，哪有可能無愛呢，養了這麼多年。』然後咱再提找親生阿母的代誌。」葉香馬上說。

「妳閣會使給伊講，咱已經有線索了，很緊就有眉目了，就等伊同意去找公所阿姨，讓公所阿姨找派出所了。」

麗霞答應了，說晚上一定試試，讓我們等她消息。我覺得勝利在望，就差一步，我們就可以幫麗霞的哥哥找到親媽了。我一高興，把這事告訴了安小西。

「安格，妳實在是好膽大，這種代誌也敢做?」她瞪大眼睛，罵了我。

「這個方法閣是妳給我教的呢。按怎?」我不明白安小西為什麼發這麼大火，看她氣鼓鼓的樣子，我愣了。

「麗霞的阿母知影後，一定會生氣的。這是別人家的私事，欲找毋找麗霞伊阿母會決定，妳就等阿母打吧。」安小西推了我一下，走了。

我又錯了嗎?我問自己。還沒等我回過神來呢，麗霞的媽媽來和我媽商量。媽媽聽了安小西的話後，就來罵我。

麗霞的媽媽說：「莫怪囝仔，您攏是好意。我打電報了，伊阿姑明仔日會來。」

她姑姑和這事有什麼關係？結果真是我們白忙了，原來麗霞的姑姑就是她哥哥的親媽。

當年她姑姑未婚先孕，男朋友在執行任務中死了。她男朋友家裡就一個兒子，她姑姑就自作主張留下了這個孩子。麗霞媽媽和這位小姑感情很好，收養了他，只是她們都沒想到孩子會有先天性疾病。

她姑姑每年來看他們，主要是看她哥，每次都買很多東西給他們，是為了報答麗霞媽媽的養育之恩。

麗霞的姑姑來了，她哥哥沒能救回來，死在她的懷裡，我們都哭了。

臺南，臺南！

麗霞的哥哥死了，我們第一次知道了死亡，死亡就是永遠不會再見了。

麗霞的姑姑，也是麗霞哥哥的親媽，哭得都暈了過去。

我好怕聽到有人死了，人死了，就永遠看不到了。

又一個不好的消息傳來，媽媽說外婆病了，住進了醫院裡，媽媽都不會笑了。我一想到終有一天會失去所有的親人，就怕得不敢睡覺。

五年級了，我長高了很多。

葉香的夢我早已忘記了，可是有一天，我卻夢到了老師。

夢到老師這事，讓我心情愉快極了，可我不能說。歐陽老師在夢裡對我們說：「我要帶你們看看外面的世界，外面的世界很大，你們去了，一定會喜歡。」這是我做過的最美好的夢，夢醒的時候，我不想起來，好像一起來，這個美夢就會丟了，就像曾經夢到葉香家的被褥那樣，想在夢裡多留一會兒。

沒想到老師的話，真的變成了現實。

我們的歐陽老師，他是師範大學畢業的。因父母的緣故，他主動要求到煤礦來工

童年

作。現在他也要回臺南了。但他說他要堅持到下一個學期，把我們教到小學畢業。

「臺南是個歷史悠久的古城，我希望大家都能來看看，早上我帶你們去，晚上你們自己回去。」老師在班上和我們說。

臺南離我們五十九公里，這個數字在我心裡久久存留著，但對我們來講，那是很大很美很讓人嚮往的城市。

媽媽去過臺南看病，大姐安小南去過臺南野營訓練，那是二姐安小西的夢想城市，而我現在有機會去了。

全班十幾個同學，在別班同學的羨慕嫉妒中，踏上了去臺南的火車……。

故鄉的火車站，成了我們記憶中最美的地方之一。十三歲那年，我出了一次遠門，我去了一座城市，這個城市叫臺南。車廂裡，我們望向車窗外的一排排樹木飛馳而過，大片大片的田野連成更大的一片，沒有邊際。那一天，在我後來的回憶裡，是由一堆美麗的畫面，一幅永遠躍動的篇章組合在一起的。城市可以很大，看不到邊際……城市的路可以很寬……城市的街道上有公車穿梭……小學生有自己玩耍的公園……。

臺南兩旁的街道上，有一排排樹木，一排排高樓。它們看上去不像我們常見的田野那麼寬廣，那麼空曠。但整齊、集中。

好看的高樓的辦公單位、有三層樓的圖書館，還有很高很高的大飯店……。

我們看到路邊的郵筒，每隔一段距離就有一個。老師說寫信可以放裡面，郵遞員就能把它送到你想要的地方去。

我們又看到了一個高高的塑膠桶，上面有一個蓋子。老師說這不是郵筒，是垃圾筒，行人走路時可以扔垃圾。

臺南的街道就是這樣變得乾淨的。我想起了我們那裡的垃圾堆，夏天滿是蒼蠅在飛。同學們興奮的說著笑著。

我腦海裡湧現出一個畫面，有一天，我會帶著爸爸媽媽，手把手和他們一起說說笑笑走在大街的樣子……。

我還幻想著，將來我要在這裡生活，把這個城市的每個角落都走一遍。

一天的旅行中，我和同學們一樣，除了吃驚就是驚喜，我們都說，這座城市真是太美好了。我回去想寫一篇日記，題名「繁榮」。是，繁榮。我想到臺南就想到這兩個字。我還要細細講給麗霞聽。麗霞沒去，她媽媽不給錢，還說求爺爺告奶奶也不行，家裡沒錢。

俊彥也沒去，去臺南的四個男生裡，有兩個和他打過架。

我和葉香牢牢記得在臺南看過的每一樣東西，回來要講給他們聽。

我還想著，回來要寫一封信，可是第一封信要寫給誰呢？我在外面沒有朋友，只有我大哥一人，他還總惹媽媽生氣。

我們的旅行結束了，大家戀戀不捨的跟老師去了火車站。

老師把我們送上火車，叮囑班長、葉香和我，要在哪個火車站下車，千萬不要坐過站。我們接受了任務，老老實實等著下車。

到了老家的火車站，我們十幾人都下車了，我們三人告訴大家，一定要回家，千萬不要在外面玩，不然老師會生氣。

這一路上，我的心就沒有靜下來。我很想馬上到家，和爸爸媽媽他們分享我在臺南的見聞……。

離家很近的時候，我和葉香都不約而同往家裡跑。我走到廚房，就聽到裡面有說話的聲音。

「安格伊若是知影，一定會很艱苦的。」媽媽的聲音，她的語氣憂傷和無奈。

「伊轉來就會知影，這件代誌瞞不住。」安小西的聲音。

「唉，這囝仔實在有夠可憐。」媽媽嘆著氣說。

「伊的病耽誤了，要是較早治，說不定會好起來。」安小西說。

「沒辦法，咱小老百姓，哪會使事事按自己的想法來呢。」媽媽說。

我有點愣了，聽她們說話的意思，又有人死了?我本打算再聽聽，可媽媽看到我了，喊：「安格，安格，妳轉來了?」

「安格，緊坐落來。」安小西走到門口，接過我手中的書包，拉我坐下來。

「阿母，發生什麼代誌，誰生病了?」我緊張的問媽媽。

「這，安格，妳莫著急，我知影妳跟葉香的阿兄很好，但這是無法度的……」

葉香的哥哥？他怎麼了？他不是在上班嗎？他回來了？

他上次回來，給我一本書，名字叫《美女與野獸》。他說這是一本童書，只是可惜缺頁，後面被撕了，讓我看著玩。

後來我聽葉香說，她哥是用一張珍貴的郵票跟人家換的。

葉香還說書都不全，換虧了。她哥說：「讓安格續寫吧，伊一定會佮意。」

這是屬於我的第一本書，我愛如至寶。裡面的故事，我都能背下來，只是不知道故事後來是怎麼發展的。

「阿母，阿母，葉香的阿兄死了，咁是真的？」安小北跑了進來問媽媽。

葉香的哥哥死了

「死了？」我一下子就蒙了。我盯著媽媽看，她點了點頭，我再望向安小西，她低頭不說話。

「安小北，你講啥？葉香的阿兄死了？」我又來拉安小北。

「拄、拄才聽人講的。」安小北擔心的看著我。

「哪有可能？」我脫口說出這四個字。

「我毋相信！」我喊了出來。我能做的就是往外跑，我要去找他。

從院裡出來，我被一塊木頭絆了一下，我也顧不得了，踢開就朝葉香家跑去。

迎面撞上一個人，我也沒理睬，我恨不得馬上飛到葉香家裡。

到了葉香家門口，他家大門緊關著，我用力推開大門，幾步就跑進屋子中間。

我站住腳，望向他們全家人。她爸爸低著頭抹眼淚，她媽媽用毛巾捂著臉趴在床上哭。

葉香抱起弟弟，幫他擦鼻涕。我望向那個被褥，那個有著豐富內容的儲藏寶庫，我再也看不到他從那裡往外掏書了。

各奔東西

那個穿著白色毛衣，長著圓圓眼睛的人，我再也見不到了嗎？

這樣一想，我的心好痛好痛，好像胸口壓上了一塊重重的石頭，不能呼吸。

他說過，我們要很久很久才會死的，他怎麼說話不算話呢？

我越想越氣，越想越難過，我開始大哭，越哭越厲害。他們幾人被我的哭聲嚇住了，都來勸我。葉香的媽媽過來，摟著我，拉我坐下來。

我甩開她的手不停喊：「伊袂死的，伊講咱要很老很老才會死的，恁一定弄毋對了，我欲見伊……」

我推開葉香的媽媽，往外跑。我不知跑向哪裡，沒有方向的跑，不想停下來，一直向前……。

我不敢回家哭，一路跑到了我們常去的河邊，站在那裡。

秋天的黃昏，在我的眼裡，它不再是美的了。河水漫無目的的流淌，兩旁的樹木長得高大，在夕陽的映照下，顯得晦暗。這個秋天，它讓我沒有了生機和熱情。

我麻木的挪動腳步，不知走向哪個方向。有個東西軟軟的靠近我，我低頭一看，是一條小狗。

牠長著黃黃的毛，眼睛圓圓的。我往前走了兩步，小狗還是默默跟著我，牠的眼神在我看來，也滿是憂傷和心酸。我想到了阿黃，那個陪爸爸下班回家的阿黃。

彷彿小時候的阿黃回來了。其實阿黃死了，礦裡下達打狗任務，阿黃被打死了。

阿黃死的那天，爸爸一天沒吃飯，也不說話。我蹲下來抱起牠，問：「你咁是阿黃？」牠在我懷裡老老實實的待著，軟軟的身體給了我片刻的溫暖。

阿黃，你在哪裡？葉香的哥哥，你又在哪裡？你們的世界是什麼樣的，那裡好嗎？葉香的哥哥叫葉傑，我從來沒想記這個名字，只喜歡叫葉香哥哥，這樣叫來，好像我離他更近一點。

葉香的哥哥早就知道自己得了重病，可他不敢聲張。

他是個內向的人，有事自己撐著，不與人說。發病的時候，大家勸他去看病。他決定去醫院的時候，村裡有人打架，傷到無辜的他。他體力太弱，傷勢嚴重。他是在被送去醫院的途中死的。

我覺得自己的世界一下子空了好大好大的一塊。葉香把他哥哥的幾本書都送給了我，她說她相信我會更好的保存它們。這幾本書成了我和葉香哥哥最後的聯繫。

我們陪著葉香難過，時雨也來了。我們還是在河邊，誰都不說話。

「過兩天我可能會有好消息。」前天時雨對我們說。

「什麼好消息，袂當現在講？」麗霞問。

時雨想了想說：「等等吧，我驚講毋對。」他說要帶二弟去學校跟老師道歉。

美芳說他二弟在修梯田時，不好好做事，他們的工作是抬土，有拿鍬的，有拿筐的。可他挖了個洞，洞裡又放水，然後用草蓋上。他和同學不做事，亂跑。老師追他，讓他回來工作。沒想到老師掉進洞裡了，他們班導是個女人，平常也愛打扮，穿個小白塑膠鞋，結果全被弄黑了。老師生氣了，找了他家長。

還沒等和家長談完話，他又惹出了事。他們前段時間去幫忙鋤草，發現飼養員餵馬挺有意思，他拿著筐走到馬棚，用棍子敲馬槽，喊：「呷飯了，呷飯了。」馬伸長脖子就吃。

飼養員走了，時雨的二弟和幾個同學找個筐，一個接一個過去，走到馬棚，也敲，敲完也喊：「呷飯了，呷飯了。」可是他們沒有飼料，馬伸長脖子也吃不到。

他們四個人玩得正得意，讓其他飼養員看見了，告訴了老師。兩件事，老師決定撤下他小組長的職務。我還等著時雨的好消息呢，沒想到我們在電視上看到了他。

我家買電視了，黑白的，大同牌。原因是我外婆的病太重了，媽媽想把她從農村接來，讓她看電視。而時雨因為協助緝拿逃犯，上了電視。

事情是這樣的：他一早出去跑步，正沿著通向火車軌道的路上跑，這是最遠的一條長道。可他看到有一個人快跑到他旁邊了，後面跟著兩個穿軍裝的人。前面這個人，快跑到他跟前，過來還想抓他。他一下子反應過來，這是一個壞人，這人要抓他當人質。

時雨身子一縮，回頭就抓住了他，重重踢他一腳，這人就倒下了。

穿軍裝的人過來了，抓住了那人，據說是逃犯。他被表揚了。人家問他有什麼專長，他想了想說他只有跑步是強項，沒有別的了。那些人調了時雨的賽跑成績，發現他成績還不錯。就問他願不願意去體校接受專門訓練。時雨說願意。

他跟我說這是一個機會，他要去。他後媽也同意。

這是近期我聽到最好的消息。

媽媽的傷痛

大姐安小南國中畢業了，她們國中上四年，沒有高中。

安小南成績特別好，她得全校第一是常有的事。她常出去參加學校舉辦的課外活動，她跑得也很快，代表學校去過外縣市參加比賽。

她平時除了參加野營訓練，放假時，還在學校參加儀隊練習。她去商店實習，實習會計工作。她去採石場打石頭，和女工打成一片。她是我們家經歷最多的一個，也是吃苦最多的一個。

提到安小南，我有好多好多的記憶，她才算是人才呢。我想起老師說過的話。可她運氣不好，都沒有機會上大學，不知以後我們會不會有機會。

她心情不好。二姐心情也不好。我心情也不好。媽媽更難過，但還是告訴我大姐，就算考不上大學也要持續學習，她相信總會有用的。

讓媽媽更難過的還有我大哥的事。

大哥家裡有了兩個孩子，大嫂沒有工作。他的薪水不夠花，他因為井下作業薪水多，便從技術員換到井下作業。

童年

媽媽培養孩子好好讀書，就是為了讓他們脫離井下工作，沒想到學歷高的大哥還是重複了爸爸的工作。但他運氣不好，由於生活的壓力，我嫂子的脾氣變得暴躁，動不動就和大哥吵架。

大哥偶爾回來，但總是一個人回來。

他也喜歡看書，常去圖書館，後來和圖書館的管理員熟了，還為我帶回幾本書。

他作文寫得特別好。他有一個朋友，一開會就讓大哥寫發言稿，他寫久了，那人就成了工會幹部。

他愛看武俠小說，他上班的時候，不用忙其他的，就負責講故事，因為其他工作都有人替他做了。他講起故事來滔滔不絕，一點也不像和大嫂在一起的唯唯諾諾，也不像和別人聊天時的寡言。這樣的大哥，讓我心裡更難過。

在我看來，大哥是一個有為青年，生生因為婚姻變成這樣。

很多次，我都想問他對自己的婚姻後悔嗎?可直到他死，我都沒問出口。

媽媽心情不好，我和二姐安小西可老實了，就連二哥安小北也一樣，我們都不出去玩了，在家裡陪媽媽。

每天放學，我都老老實實的回家，不再出去跑來跑去的。

可我今天看到媽媽坐在床上，望著窗外想著什麼。我慢慢走到她的面前，把手捂在她的臉上，想讓她猜猜我是誰。

各奔東西

我發現我手裡是溼的，就是說媽媽哭了。

我放下手，拉著媽媽，緊張的問：「阿母，阿母，妳是按怎？」

媽媽回過頭來，把我抱在懷裡，不說話。可我感覺她一直在哭。

「阿母，發生什麼代誌？」

「阿母，妳是按怎？」二姐安小西回來了。她把書包放下，快步走上來，拉著媽媽的手問。

看到二姐安小西，我就放心了，在我心中，安小西是最有主意的，她總能解決一切問題。我把媽媽交給了安小西。

媽媽說外婆的病，鄉下醫療水準不行，要到礦裡住院醫治。

一聽外婆要來，我可高興了，外婆最喜歡我了。她說我是個鬼靈精，總有些奇奇怪怪的想法，說我是個最有意思的小孩。

我告訴媽媽說：「阿母，妳免煩惱，咱做伙照顧阿嬤，我給伊餵藥仔跟喝水。」

我知道人有病得吃藥，病人不愛吃，就得哄著，有時也要騙。

說到外婆，媽媽又難過了，晚上我從二姐安小西的嘴裡知道，外婆得了癌症，而且是晚期。媽媽帶我去醫院看外婆。我猜外婆看到我一定會高興，我外婆和爺爺奶奶不一樣，外婆喜歡女孩。到了病房，我忙奔向外婆床前。

外婆閉著眼睛，身上有兩處插著管子，露在外面的手，千瘡百孔，針眼密布。我的心頓時痛起來。

外婆睜開眼睛看到我，她的眼睛發亮，我上前握住她的手，擠出笑容點點頭。

外婆瘦骨嶙峋，是個垂危的病人。

外婆的病很重，聽媽媽說，她肺部有陰影，心臟也衰竭了。打針的時候，同時要用好幾種藥，醫院說沒有搶救的必要了，建議外婆回家。

媽媽決定帶外婆回我家，她擔心舅媽照顧不好外婆。

我們在電視裡看到了時雨，他被表揚了，還領了感謝狀。我指給外婆看，外婆看得很認真。

媽媽把飯和菜放在一起蒸，蒸好後還要弄得碎碎的，還要哄著外婆多吃飯。我一有時間就坐在外婆身邊，看著她。媽媽就用手在外婆的肚子上揉來揉去的，媽媽說外婆的胃也不好了。外婆的病太多，都混在一起了，我聽說治這個病時，那個病就犯。

每隔三四個小時媽媽就幫外婆翻一下身，並輕輕拍著後背，醫生叮囑的事情，媽媽一點不差的執行。

我和媽媽都努力做事，我相信外婆一定能好，一定能戰勝疾病。

媽媽找來了護士，在家裡替外婆打針，外婆的手臂很細，血管不好找。

可外婆一點起色也沒有，我們全家誰也不敢大聲說話。

我天天祈禱，盼望外婆好起來。

各奔東西

這天，媽媽要出去買藥，告訴我要看好外婆，還說一定要寸步不離，她說她很快就回來。

我拿著小凳子在地上坐著，手握著外婆的手，和她說話。

外婆回憶過去的事情，含含糊糊的說著，我都聽不清，我只能說：「是呀，對呀，妳講得對。」然後使勁點頭。

後來她用手比劃著，我也聽不懂，她還固執的重複著。我問了幾次，她就把她的食指和拇指向我伸來，我看懂了，我問她：「阿嬤，妳是毋是想欲呷菸？」

外婆高興的點點頭。

「阿母咁有講妳會使呷菸？」我問道。她又搖搖頭。

「按呢我毋敢，我驚阿母給我罵。」外婆一臉失望的樣子，不再言語，樣子有點難過。

我不忍，就勸她：「阿嬤，等妳病好起來，就會當呷菸了。阿母是為妳好。」外婆又搖搖頭，不開心的閉上了眼睛。我一看外婆這樣，心裡就難過。

晚上，我看到時雨就問他：「我阿嬤想欲呷菸，你講欲按怎？」

「按呢就讓伊呷吧。」

「我阿母講袂使。」

「若無，妳讓伊聞看看？」時雨說。

「對呀，我怎麼無想到。」

時雨馬上跑回家，拿來了一支菸。我回家後，看到外婆，偷偷塞到她手中，外婆一下子拿住它。我馬上告訴她：「阿嬤，妳只會當用聞的，袂當呷呀，若無阿母會給我打的。」

外婆放在鼻子下聞了一下，有想抽的意思，可我沒有火。

這時我聽到了媽媽的腳步聲，就上前把菸搶了下來。

晚上外婆去世了。

我沒想到，我們那樣努力也救不回外婆，我有點難過，也有挫敗感。

我們的團隊散了

外婆的去世，讓我理解了一個深刻的道理，那就是有些時候，無論我們怎樣努力，都無法達到自己想要的結果。

就像我們曾發誓要永遠在一起的朋友，有一天，終將要分開。

我們五個約好在經常看露天電影的廣場告別。俊彥費力把他的木製風箏放上天空，我和葉香、麗霞把手中的紙製風箏也放向天空，然後我們再看著木製的風箏落下，紙製的風箏落下……憂傷籠罩著我，我腦海裡只有兩個字——「散了」不斷閃現。

俱樂部、二小學、醬油坊……都將成為我們的回憶。

葉香全家要搬回基隆了。葉香的爸爸曾是基隆一所中學的優秀老師。而當初會搬家，是因為葉香的爺爺為共產黨服務過。

後來葉香的爺爺聽說煤礦待遇好，就讓葉香爸爸帶著全家搬來了這裡。慶幸的是葉香的爸爸在我們這裡並沒有受苦。

可我想，他可能更希望自己受苦，也不想葉香的哥哥去世。

葉香把她畫的故鄉地圖給了我，她說她爸陪她跑了三天，她補畫上一些區域。但她告訴我，不要去那麼遠的地方，要記住歐陽老師的話，女孩子要學會保護自己。

她說回基隆後，她要跳級，她要趕上原來的同學。我想起了第一次見葉香的情景。那縷陽光一直在我心中照耀，想著那時眉眼飛揚的葉香和眼前神情憂鬱長大的葉香，我不禁感慨萬千。

「妳咁會想妳阿兄？」我問。

「無想。」她搖搖頭。

「猶毋過我想。」我說。

「我阿母攏想到起笑了，我閣欲想啥。」她的眼角有淚，我知道她想。

麗霞的姑姑升遷了，她要帶麗霞全家回臺中老家，她說她負責麗霞以後的工作。她媽媽同意了。她媽媽說在礦裡，麗霞考不上大學。

俊彥也要離開礦裡去外縣市了。他親媽的丈夫去中國經商，遇上了大地震，好久沒有音信。

俊彥和美芳商量，他和親媽一起住。他說他是男子漢，他要保護媽媽。

美芳留下來，和現在的父母生活。時雨協助辦案有功，又有優異的短跑成績，所以被安排到體校接受專門訓練。他還告訴我，讓我等他，等他長大；他也等我長大，到時他會來找我。

後記

夏天，我小學畢業了。

這年冬天，大姐安小南考上了大學，也是她學校那屆唯一考上大學的。

兩年後，二姐安小西以全校第二名的成績考上大學，去了臺北。

國二時，爸爸在井下發生了塌方事故，他把自己的生命留在了煤礦。

爸爸公司的主管來家裡處理後事，他們讓媽媽提條件。

安小西的臉頓時慘白，眼裡湧著淚水。那時她剛上高二，面臨聯考。她不想接班，接班就意味著這輩子注定要在老家定居了。

但家裡必然有個接班的人，否則難以維持生計。

二哥安小北果斷的說：「我來接阿爸的空缺吧，讓二姐去讀大學。」

安小北，在我心裡，一直是比我大兩歲的、在家裡和學校極受寵的男孩，但此時他在我眼中是真正的男子漢。

媽媽的心很痛，我聽得到她牙齒打顫的聲音，安小北接班，就意味著他要下井。

安小西淚水充盈的眼睛，讓媽媽不忍目視。她一直知道，安小西想上大學的決心有多大。

安小北平靜的說：「二姐讀冊那麼好，不讀大學太可惜。」他還若無其事的說輕鬆的話，他說他下井也沒事，他會盡快想辦法調上來，因為他比所有下井的人都有學識。

我願意相信他，安小北從上學起，一直到高一都當班長，他的協調和溝通能力大家有目共睹，他一定會儘早抽到井上工作，不讓媽媽擔心。說過將來一定要到大城市去的安小北，瞬間就把自己的命運交給了故鄉。媽媽那麼喜歡二哥，但最後她還是成全了二姐。二姐繼續上學，二哥接班。媽媽新一輪擔驚受怕的日子，又要開始了……。

我不敢說話，就怕一不小心說出讓媽媽聽到更難過的話，只是默默看著大家的面龐，這個短暫的、唯一的家庭會議，這個決定了每個人人生走向的會議，一直籠罩在我們家上空，那是一大片的散不開的烏雲。

那一瞬間，我特別想爸爸。

直到有一天我在電視上看到這樣的新聞：

因煤炭資源枯竭，OO煤礦依法宣布關閉。隨後，OO煤礦所在地——OO鎮隨之被劃入OO行政區。

如今，人們雖然在臺灣地圖上再也找不到我故鄉的地名符號，這裡卻為人們留下了煤礦產業的歷史印記……。

我住的那條街在我眼前一晃而過，我清晰看到了我的家，陳舊的磚牆、窄小的院落、奔跑的童年玩伴。

童年回不來了。陪我成長的少年朋友，你們在哪裡？

我決定先找麗霞。我把一些資料整理核實後，發給了在警察局工作的朋友。很快那裡回覆了資訊，目前和麗霞名字相同的總共有一百四十多人，年齡相近的有二十四人，但都沒有來自原戶籍的顯示……我突然想到了我倆拍過一張照片，照片上的我們都梳著長長的辮子。我馬上用手機翻拍下來，發給了朋友。

然後我找到了麗霞。

「這幾年，我一直在找妳。每次轉去厝內的時候攏有問我阿母，猶毋過伊毋知影。」是呀，她找不到我，那時誰都找不到我，那時我不在老家。

滄桑的聲調，依稀能辨出是她從前的聲音。我的腦海一下子浮現出我們兒時在路上手把手說話的情景，我的淚長流不止。

我問她：「妳咁記得我之前給妳的一條紗巾用無去？」

我用最快的速度快遞給她兩條絲巾，她接到後，說：「多謝，顏色我也佮意。」

我在心裡說：謝謝妳，那條飄逝的紗巾一直縈繞在我的心上，那是我童年最美好的記憶之一……。

接下來我要找的是時雨，我知道他公司的電話。他在體育署任要職，可過去我從來沒想過找他。我長大了，他也沒來找我。我的長大和他無關，可此時我特別想他。

「我是……安格。」我撫著怦怦跳的心，努力平靜自己的聲音。

「安、安格，安格，真的是妳？」他的聲音有點語無倫次，聽上去很激動。

「是我。」

「妳、妳為什麼毋較早聯絡我？」他的喘氣聲聽上去有點重。

「我在等自己大漢……」沒等他說話，我繼續說，「你講過，等我大漢，你就會來找我。現在我大漢了，你在佗位？」我的委屈湧上來，眼淚不爭氣的流了下來。

「失禮，安格。」

「莫講這個了，我想欲問你，你咁有看到新聞？你咁有想欲轉去家鄉一次？我很想恁大家……」

「我也同款。」

「那按呢咱約一下時間……」

「我負責找葉香和俊彥。」

四月十五日的午後，我提前半個小時來到約好的、經常放露天電影的空地。

這裡有老家最具標誌性的建築物——俱樂部廣場。

我眼前的故鄉，一片荒地，長滿雜草。房屋住宅已經被新建的工廠代替。

故鄉的往事像是一縷炊煙在天空中飄散，故鄉有我們奔跑的小街小巷，故鄉是我們孩童幸福的樂園。

「安格。」

我的遐想被時雨打斷，他從車裡下來，走到我的身旁。

時雨穿著淺灰色的外套，高大、沉穩，看上去有點帥氣。我從來沒想過中年的時雨是什麼樣子，我一下子愣住了。

他伸出手來，我上前握了一下，就抽出來，後退了一下。

他意識到了，停住說：「安格，妳跟過去同款。」

「無同款了，誰會當永遠十四歲呢。」

十四歲，我上了國中，十四歲我們幾人分開，那時我們相互約定將來會永遠保持聯絡，不忘彼此。

可這些年過去了，我沒有和他們任何一個人聯絡。我在一個小城市生活了十年，我的生活狀況不好，刻意避開了他們尋找的資訊。

「這裡什麼攏無了。」他望向遠方。

「是的，咱的時光也無了。」我也感嘆道。一時間，我們找不到話題，就沉默下來。

「安格，安格。」麗霞和葉香向我們跑來，麗霞戴著我送給她的絲巾，上來抱著我哭了。葉香仍然像我們的姐姐一樣，在後面摟緊我們倆，抽泣的說：「好了，好了。」

我的手機響了，是俊彥的簡訊：

安格，我去中國參加非物質文化遺產大會，展示我的木雕作品，有你們喜愛的風箏，等我，明天我一定飛回去。

我們不約而同的望向天空，好像仍然看到了當年在天空中飛行的木製風箏、紙製風箏，還有顏色和款式各異的風箏……。

天依舊是藍色的，沒有什麼彌漫我們的視線，但我的眼睛被淚水模糊了。

回家後，我坐在書房，接到了李慧如的來信。

童年

安格妳好：

我也想回去見你們，可時雨不准。妳別怪他，這些年他從來沒有忘記妳。大學畢業後，我來到了臺北。因為是同鄉，我常來找他。他跟我說過最多的就是妳，說為什麼在報章雜誌上看不到安格的名字。我只好勸他，說安格可能用筆名了，安格那麼喜歡讀書，作文也寫得好，一定能當作家。

他訂了好幾份雜誌，堅持了五六年。終於有一天，他看到一篇獲獎的寫家鄉的文章，他猜那一定是妳，妳真的用筆名了。

他說，得到一個大大的書房太困難了，他說他努力了這麼久，也沒能力實現。

我想他說的大大的書房，一定是為妳準備的。

我到他身邊時，正是他最困難的階段。他的弟弟們要上學，父母年老生病也需要他。而妳的家世那麼好，他自卑，他不敢找妳。

他說妳是他童年生活中唯一給過他溫暖的人，他忘不了妳……

後記

安格，祝妳幸福！感謝妳在童年時給我們帶來的快樂……

我的眼淚又一次流了出來，眼前閃現在我腦海的是童年時的我，在狹小的房間裡走來走去，學福爾摩斯踱步的情景……。

官網

國家圖書館出版品預行編目資料

童年 / 安若水著 . -- 第一版 . -- 臺北市：崧燁文化, 2020.11
面； 公分
POD 版
ISBN 978-986-516-506-2(平裝)
855 109016364

童年

臉書

作　　者：安若水 著
責　　邊：柯馨婷
發 行 人：黃振庭
出 版 者：崧燁文化事業有限公司
發 行 者：崧燁文化事業有限公司
E-mail：sonbookservice@gmail.com
粉 絲 頁：https://www.facebook.com/sonbookss/
網　　址：https://sonbook.net/
地　　址：台北市中正區重慶南路一段六十一號八樓 815 室
Rm. 815, 8F., No.61, Sec. 1, Chongqing S. Rd., Zhongzheng Dist., Taipei City 100, Taiwan (R.O.C)
電　　話：(02)2370-3310　　**傳　　真**：(02) 2388-1990
總 經 銷：紅螞蟻圖書有限公司
地　　址：台北市內湖區舊宗路二段 121 巷 19 號
電　　話：02-2795-3656　　**傳　　真**：02-2795-4100
印　　刷：京峯彩色印刷有限公司（京峰數位）

定　　價：330 元
發行日期： 2020 年 11 月第一版
◎本書以 POD 印製